박정애 장편소설

덴동어미전

한겨레출판

차례

프롤로그 화전 노래 ⋯ 9

1부 화전 공론 ⋯ 15
　　　화전 통문 ⋯ 22
　　　화전 조롱 ⋯ 27
　　　화전 시샘 ⋯ 31
　　　화전 추렴 ⋯ 35
　　　화전 단장 ⋯ 40
　　　화전 행차 ⋯ 48
　　　화전 청유 ⋯ 56
　　　화전 놀음 ⋯ 60
　　　화전 수다 ⋯ 68

2부 덴동어미뎐 ⋯ 87

3부 화전 마무리 ⋯ 201
　　　화전 귀로 ⋯ 204

에필로그 화전 회상 — 30년 후 ⋯ 223

작가의 말 ⋯ 242

프롤로그

화전 노래

꽃아 꽃아 두견꽃아 네가 진실로 참꽃이다.
산으로 일러 두견산은 귀촉도 귀촉도 관중이요
새로 일러 두견새는 불여귀 불여귀 산중이요
꽃으로 일러 두견화는 불긋불긋 만산滿山이라.
곱고 곱다 참꽃이요 사랑하다 참꽃이요
탕탕하다 참꽃이요 색색하다 참꽃이라.
치마 앞에도 따 담으며 바구니에도 따 담으니
한 줌 따고 두 줌 따니 봄빛이 채롱에 간들간들.
좋은 송이 뚝뚝 꺾어 양쪽 손에 갈라 쥐고
잡아 뜯을 맘 전혀 없어 향기롭고 이상하다.
손으로 담삭 쥐어도보고 몸에도 툭툭 털어보고

낯에다 살짝 대어보고 입으로 함박 물어보고

저기 저 새댁 이리 오게 고와라 고와 꽃도 고와.

비단처럼 고운 빛은 자네 얼굴 비슷하이.

방실방실 웃는 모양 자네 모양 방불하이.

기다란 꽃술은 자네 눈썹 똑같으네.

아무래도 딸 맘 없어 뒷머리에 살짝 꽂아두니

앞으로 보아도 화용花容이요 뒤로 보아도 꽃이로다.

삼월 삼짇날.

강남 갔던 제비가 앙다문 살구꽃 봉오리 새새 숨바꼭질하는 흰 봄날.

햇살이 병아리 솜털처럼 이맛전을 간질이는 노란 봄날.

비봉산 능선 따라 아지랑이 아물아물 춤추는 물비늘빛 봄날.

산자락 진달래 군락지가 꽃불을 놓은 듯 붉은 봄날.

그 고운 봄빛들의 향연 속, 늦가을 마른 낙엽 같은 덴동어미가 시원스런 탁성으로 꽃노래를 부른다.

가루를 반죽하고 솥뚜껑에 기름칠하던 새댁들 일손이 가락에 맞추어 쟀다 느렸다 한다. 파뿌리 같은 흰머리조차 몇 가닥 남지 않은 상노인들이 어깨춤을 춘다. 바둑머리 땋은 아이들은 콧물을 훔치다 제 어미 치맛자락에 얼굴을 묻고, 종종머리 작은 아기들은 허리에 찬 다래끼에 진달래꽃을 따 담다 잔허리를 꼰다. 큰아기들, 봉긋이 부푼 가슴 들먹거리는 서슬에 숱진 머리채에 물린 노랑, 빨강 댕기가 놀란 들짐승처럼 몸을 뒤친다.

 기름 두른 솥뚜껑 위에서 새알만 한 반죽덩이들이 동글납작 눌리어 지글지글 지져진다. 흰 저냐가 말갛게 익어갈 때, 새댁들이 저냐 한가운데 진달래꽃을 얹고 살그미 누르면, 꽃잎은 금세 새들새들 늘어지며 저냐와 한 몸이 된다.

 아하, 아하, 여자들의 입에서 달뜬 한숨이 쏟아진다.

 안동댁이 누비이불로 시린 무릎을 감싸 안으며 웃는다.

 "조옿다! 화전 놀음, 시작함세."

 덴동어미가 안동댁을 향해 손사래를 친다.

 "마님요, 화전 놀음이사 화전 공론할 때부터 시작한 게시더."

 안동댁이 너털웃음을 지었다.

 "하기사 공론 돌 때부터 비봉산 참꽃이 눈에 삼삼, 덴동어매 노랫소리가 귀에 쟁쟁한 기, 맘이 저 새털구름같이 둥둥 떠댕기지."

 청풍댁도 거들었다.

 "맞니더. 집안 눈치에 향교 눈치에 하늘 눈치꺼짐 다 보니라꼬 눈이 팽팽 돌아가도 그기 다 재미라요."

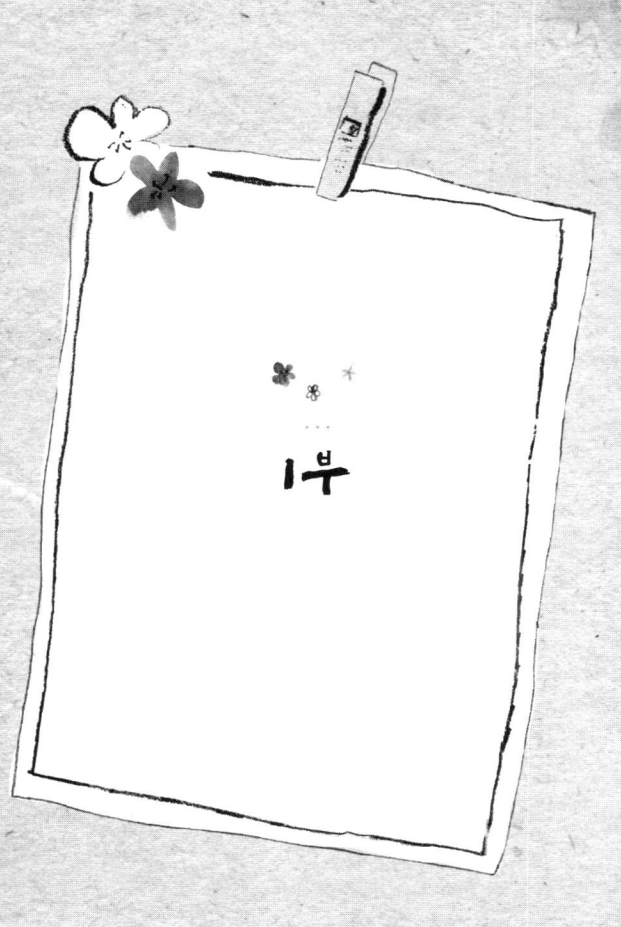

화전공론

　비봉산 골짜기 눈 녹은 물이 졸졸졸 내려오는 동네 빨래터.
　묵은 빨래를 하러 온 아낙네들이 저마다 하나씩 둥글넓적한 바윗돌을 차지하고 앉았다. 며느리를 따라 바람 쐬러 나온 청풍댁만 누비포대기로 둘러업은 손자의 궁둥이를 두드리며 빨래터 주위를 어정거린다.
　"화전 통문이 돈다 그지?"
　청풍댁네 며느리 질막댁이 방망이질을 멈췄다.
　"어데예. 올해도 안동 마님이 나서시야 일이 될께시더."
　놋점댁이 빨개진 손을 호호 불며 질막댁을 돌아보았다.
　"향교서 훼방 안 놀라나?"
　질막댁이 대꾸했다.

"그라이께 안동 마님이 나서시야지. 이 동네서 안동 마님 말고 누가 감히 안직원 나리한테 맞설로? 안동 마님이 나서시야만 올 화전 놀음도 어예든지 성사될 참이래. 어매요, 안 그러이껴?"

청풍댁이 오른손을 휘휘 내저었다.

"그거는 안 그렇데이. 안동 마님이 아니라 안동 마님 할매가 나서시도 날씨가 안 도와주마 못 가는 게 화전이라. 몇 년 전인가, 에미 니가 시집도 안 왔을 땐데, 화전 갈라꼬 맞차는 날에 눈이 억수로 왔뿌렜잖나. 안직원 나리보다 더 무섭은 기 날씨래. 무조건 날이 좋아야 돼. 비 오마 꽃 지고, 꽃 지마 헛방이지. 목련이고 개나리고 철쭉이고 온갖 꽃이 다 피본들 참꽃 하나 지고 나마 나면 고만 에 그럼 파이잖나 끝이잖나."

놋점댁이 골내댁에게 헹궈낸 이불 홑청의 한쪽 끝을 쥐어주었다. 시방 두 가난한 새댁은 보리쌀 한 됫박씩을 받기로 하고 덕산댁네 겨울 이불을 빨아주는 참이다. 양쪽에서 빨래를 잡고 꽈배기 꼬듯 꼬아가며 물기를 짜낸 다음, 탁탁 털어서는 네모반듯하게 귀를 내어 접었다. 눈같이 흰 홑청 위를 바삐 오가는 두 여자의 손이 홍시 빛깔로 얼어 있다.

놋점댁은 화전 놀음 생각만 해도 마음이 달뜨는지 눈웃음을 치며 입꼬리를 말아 올렸다.

"골내댁이는 시집오고 첨이지? 하기사 자네 친정 동네서도 화전은 놀았겠지맹."

골내댁이 시무룩한 표정으로 도리질을 했다.

"왜? 왜 안 갔노?"

이번에는 골내댁이 입을 열 자나 빼고 왼고개를 틀었다.

"가고 싶어도……. 옷이 없어가 못 갔니더."

"그라마 여게서는? 여게서도 옷 없다고 안 갈 챔이라?"

"그게나 여게나 단벌옷 가난살이는 매일반이시더. 여게서는 뭐, 옷이 하늘에서 떨어질니껴?"

골내댁이 고개를 수그리곤 쭝덜거렸다.

"더럽은 년의 팔자……. 친정서도 못 살던 기 시집에서꺼정 고생바가지를 끼고 사이, 어옌 팔자가……. 시집이라도 좀 잘 살마 어데 다리몽댕이가 뿌라질 팔자든가……. 이래 논밭 한 쪼가리 없는 집에 시집을 보낼빼사, 어데 밥 묵고 사는 집에 첩 자리나 씨받이를 알아보든지 그도 저도 안 되마 머리를 밀어뿌고 부처님 전에 바치든지."

놋점댁이 기가 질려 입을 딱 벌리고는 청풍댁의 눈치를 살폈다. 질막댁이, 시어머니는 귀가 어두워 그런 혼잣갈까지 듣지 못하니 걱정 말라는 뜻으로 놋점댁에게 눈짓을 했다. 청풍댁이 손주의 궁둥이를 더 힘차게 뚜덕거렸다.

"하이고, 골내댁이 쟈, 말하는 거 쫌 보래. 그라이 자네 말은, 옷이 하늘에서 안 떨어질 챔이, 옷 없어가 화전 놀음을 못 간다 그 말이제? 세상에 뚫린 입이라꼬 말도 아닌 말을 말이라꼬 막 패밭어뿌네. 이보게, 골내댁이. 지금 자네가 옷을 입고 있지, 벗고 있나?"

골내댁이 냉큼 답했다.

"옷이야 입고 있지마는, 빼입고 갈 옷이 없으이 하는 말이시더."

청풍댁이 부러 옷깃을 여미고 소매를 툭툭 털며 눙쳤다.

"빼입고 가야만 멋이가? 지 행핀_{형편}에 맞차 입고 가믄, 그것도 다 지 멋이지."

"행핀이 가지잖니껴_{이것밖에 안 되지 않습니까}? 안 가면 고만이지 머할라꼬 따라가가 걸뱅이티를 낼니껴?"

청풍댁은 어안이 벙벙했다.

뭐, 걸뱅이? 걸뱅이티 낸다꼬? 내매이로_{나처럼} 행핀껏 입고 가는 사람은 다 걸뱅이티 낸다 그 말이라? 세상에, 벨 꼬라지를 다 본데이. 머 저런 기 다 있을로? 없이 산다꼬 사람 무시하는 게라? 남한테도 이렇게 하는데 즈그 시어마이하고 서방한테는 어예 할로? 안 봐도 훤하데이. 세상 말세라 그르드마 참말로 말센갑다. 옛날 같으믄사 시집온 지 일 년도 안 된 새사람이 어데 감히 동네 어른 앞에서 따박따박 말대꾸질을 했을로?

 청풍댁은 화기가 뻗쳐오를 때면 늘 하던 대로 두어 번 숨을 고르고는 골내댁을 이해해보려 애썼다.

 이 사람아, 성내지 마고(말고) 저 사람 심정을 살피게. 젊으나젊은 기 시집이라꼬 와가 허구한 날, 남의 빨래품어 방아품 팔아 늙은 시어마이하고 병든 서방을 봉양할라만 그 속이 얼매나 썩었을로. 지도 오죽 답답꼬 속상하만…….

 놋점댁은 청풍댁과 골내댁의 눈치를 번갈아 보며 다른 이불 홑청을 헹구기 시작했다. 골내댁은, 얼결에 내뱉은 제 독한 언사를 주워 담지도 못하고 망연히 선 채로 씩씩거렸다.

 "에미야, 야가 젖이 고픈갑다."

 청풍댁이 포대기를 끌러 질막댁에게 주었다.

 "예에. 일로 주이소."

 포대기를 받아 무릎에 올리고 제 저고리를 들춰 젖을 꺼내는, 열아홉 살 질막댁의 손놀림이 여간 어설프지 않았다.

 "야야, 봄바람은 품으로 든데이. 차가운 손, 얼라한테 안 닿도록 해라. 에미도 그래 맨살을 척척 내놓다가 한기 들마 어옐라꼬 그나?"

 청풍댁은 포대기 깃을 반듯이 세우고 끝단을 꼭꼭 여며, 어린 머느리의 젖통과 젖 빠는 손자의 뺨에 한기가 닿지 않게 단속했다. 그리고 두어 걸음 물러서서 다시 한 번 심호흡을 하고는 골내댁의 손을 잡았다.

"골내 새사람, 내 하나 물어봄세. 그래, 골내서 살 적에 남들 다 가는 화전 놀음, 자네 혼자 안 가이 그 속이 시원턴가?"

골내댁이 고개를 흔들었다.

"자네 안 가이 자네 친정어매도 속상해가 안 갔을 게고 자네 올케도 눈치 보다가 못 갔을 거 아니라. 그 꼴 보는 자네 친정아부지 맘은 어옛을로? 여 순흥서도 마찬가질세. 자네 안 가마 자네 시어매도 속상해 안 갈 챔이고 고부간에 쨍글시고징그리고 들앉은 꼴 보는 자네 서방 맘은 어떨로? 쎄혀를 깨물고 죽어뿌고 싶겠다. 그래, 서방이 죽어뿌마 자네 맘이 시원할라?"

골내댁이 입을 삐죽거리며 고개를 외로 꼬았다.

"그라믄 같이 감세. 옷치레야 있는 집은 있는 집대로 없는 집은 없는 집대로 하는 게지. 우리네는 그저 쩔긴 양대포 저고리라도 깨끗하이 빨어가 풀 믹이 대리다려 입고, 일곱 폭 칠승포 베치마라도 칡물 들이가 떨쳐입고, 삼베 허리띠는 구색만 갖차 두르고, 구무구멍 떨핀뚫린 미영무명 버선은 야물게 꼬매 신으마 장땡이라. 내가 자네한테 옷 한 벌은 못 해줘도 짚신 한 커리켤레는 새로 삼어줌세. 내

짚신 삼는 솜씨야 삼동네가 다 알아주잖나? 놋점댁이, 안 그런 가?"

놋점댁이 그제야 웃음을 흘렸다.

"그라믄요. 짚신은 진상을 안 해가 그렇지, 만약에 짚신도 진상을 했다 그마 우리 청풍 아지매 짚신이 진상품이 됐을 끼고마고요. 아지매요, 지도 단벌옷 빨어 입고 갈 챔인께 지한테도 짚신 한 커리 삼어주소."

"오냐, 오냐. 그라지."

청풍댁이 골내댁의 언 손을 연신 주무르며 말했다. 골내댁은 목이 메고 눈시울이 뜨거워져 말을 할 수 없었다. 오래된 짚신 같은 청풍댁의 손은 골내 친정어머니의 손처럼 다디가 굵고 결이 거칠었지만, 사나흘은 꼼짝없이 잡혀 있고 싶을 만큼 따스하고 푸근했다.

화전 통문

엿장수 덴동어미가 엄벙덤벙 중문을 넘어왔다.

"마님요, 마님요. 온 동네서 화전 공론이 녹두 삶는 냄비같이 따글따글 끓어쌓는데, 어예 안죽_{아직} 화전 통문을 안 돌리니껴?"

숨을 몰아쉬다 손뼉을 쳐가며 따따부따하는 품이 빚쟁이 빚단련 하듯 했다. 안동댁이 안방 문을 열어젖혔다.

"아이고, 이 사람아. 내가 요새 이 무르팍에 독병이 들어가 화전 놀음이고 뭣이고 생각할 여가나 있었나."

"하이고, 마님요. 그쿠 어리대다가 봄, 다 가뿌리니더. 봄도 한철이고 꽃도 한철인 기라요. 올해 못 가마 명년에는 간다, 그런 보장이 있니껴?"

"명년에……."

안동댁은 문득 눈씨를 키워 덴동어미를 다시 보았다. 벌레 먹은 배춧잎처럼 검버섯이 번진 얼굴, 다북쑥 같은 잿빛 머리털이 눈에 들어왔다. 안동댁은 저도 모르게 제 얼굴, 제 머리털을 어루만졌다.

'아이고, 면경 볼 필요가 없네. 내캉 자네캉 잔나비띠 동갑내기인그러. 자네 말이 맞을따. 환갑 넘긴 상노인이 무슨 배짱으로 명년을 기약할로……'

안동댁은 안채와 바깥채, 장독대, 디딜방앗간, 텃밭, 소나무와 매화나무, 구불구불 이어진 담벼락에 두루 눈길을 주었다. 아니나 다를까, 잔설의 냉기가 바야흐로 봄빛을 이기지 못하고 있었다.

"알았네. 내가 내일 죽을 값에라도 오늘은 통문을 써가 돌릴 챔이네. 덴동어매는 호박엿하고 보리엿 몇 가락, 놓고 가게. 에미야, 덴동어매한테 엿값 줘라. 봄아, 니는 통문 받아 씰 준비하고."

연두 치마저고리 차림의 새색시 단양댁이 자주 고름을 말아 쥐며 마루로 나가 덴동어미의 엿판 앞에 앉았다. 단양댁은 호박엿, 보리엿에다 제가 좋아하는 찹쌀엿 두 가락을 더 골라 담고 셈을 했다.

안동댁은 언젠가부터 글 쓰는 일은 모두 수양딸 봄이에게 맡겼다. 봄이는 글을 빨리 쓰면서도 필체가 단정했다.

근친●길이 제일이요 화전길이 버금이라

　안동댁은 찔꺽눈이 시고 근지러운 김에 잠시 눈을 감았다.
　내한테는 화전길이 근친길보담 더 좋았제. 암, 더 좋고마고.
　가난한 여자들은 근친길이 썩 좋지만도 않았다. 양친 부모 뵙고 형제자매 만나는 거야 두말할 나위 없이 좋지만, 시집 식구들 의복가지를 장만해서 돌아가야 하는 습속 탓에 친정집에서도 일 구덩이에서 헤어날 짬이 없었다. 친정집이 유족하면 무슨 걱정거리가 있겠는가마는, 빈한한 집이면 근친 간 당일부터 밤낮으로 길쌈하고 이삭 줍고 별의별 짓을 다해야지만 겨우 시부모 두루마기라도 마련하여 낯닦음을 하는 형편이었다. 설이니 추석이니 정월대보름이니 동지니 명절이 아무리 많다 한들 음식 장만, 새 옷 장만, 봉제사 접빈객에 뒷설거지까지 제 한 몸 신역만 고달픈 것이 여자 팔자다. 온전히 여자들의 명절이라면 일 년에 단 하루, 봄바람 쐬고 꽃구경하고 갖은 풍류 즐기는 화전 놀음 하나뿐. 규중에 깊이 묻혀 오 리 출입도 마음대로 못하는 양반집 부녀들은 겨우 화전 노는 날 하루, 마음 놓고 산천물색을 구경할 수 있다. 상사람들은 하루라도

....
● 시집간 딸이 친정에 가서 부모를 뵘.

몸서리나는 길쌈에서 벗어날 수 있어 좋고, 가난살이 애옥살림 꾸리는 여자들은 하루라도 남의 집 빨래해주고 방아 찧어주며 눈칫밥 얻어먹을 일 없이 마음 놓고 배 두드릴 수 있어 좋다.

이제 집집마다 화전 통문을 돌리면 젊은 새덕, 처자들은 층층시하 허락을 받아내느라 몇 날 며칠 마음을 졸일 테다. 허락 받은 다음에는 행여 작은 일로 책잡혀 못 가게 될까, 티 때문에 그릇될까, 노심초사……. 한번 그릇된 행사를 다시 날 잡아 성사시키려면 일이 몇 배로 힘들어진다. 갈아엎은 논밭에 거름 내고 못자리할 일이 코앞에 닥치기도 한다. 이런저런 눈치코치 다 살피다보면 진달래꽃은 야속히도 져버릴 터.

    비봉산에 두견화꽃 올해도 만발하니
    화전 가세 화전 가세 꽃 지기 전에 화전 가세
    사람이 살면 백년을 살며 올해를 놓치면 명년엔 어떠할라

노랑 저고리에 분홍 치마를 입고 진홍 갑사댕기 물린 머리채를 소담스레 늘어뜨린 봄이가 한쪽 무릎을 꿇은 채, 일필휘지로 붓을 놀렸다.

에그, 내 속으로 낳은 자슥도 아닌데 어예 저쿠 이쁠로? 저것이

말만 씨언씨언하그러 시원시원하게 할 줄 알마 뭐를 못 할라?

"다 썼나?"

봄이가 고개를 까딱까딱했다.

계해년 삼월 삼짇날 화전 놀음 가자커든
통문에 연명하고 화전 추렴에 응할지라

봄이가 동그란 어깨를 오므린 채 턱을 들었다.

"봄아, 봄아, 니가 참말로 봄이데이. 니 인생에 봄날이 왔다, 이 말이라. 내 인생이사 인자 찬바람 씽씽 부는 겨울이다마는, 봄이 니 인생의 봄날은 인자 시작이로다."

봄이가 고개를 갸웃하며 눈을 가늘게 뜨고 먼 산을 보았다.

"내가 왜 니 이름을 봄이라고 지은 줄 알제? 나는 사계절 중에 봄이 젤 좋거든. 젊었을 직에는 먹을 꺼 많은 가실 가을이 좋다마는, 인자 늙어놓으이 봄이 젤 좋아. 우리 봄이도 좋고 이 계절도 좋고."

봄이의 눈부시게 흰 가르마가 보일 듯 말 듯 까딱거렸다.

화
전
조
롱

    순흥향교의 교실격인 명륜당. 근동에서는 글깨나 읽는다는 유생들이 좌우 양편으로 줄을 지어 앉았다. 수장 안직원 영감이 허리를 꼿꼿이 곧추세운 채 상석에 앉아, 마뜩찮은 눈길로 유생들을 쏘아본다.
    짝짝이 눈을 한 유생이 기어들어가는 목소리로 입을 떼었다.
    "직원 어르신. 올해도 기어이 간답니더. 펭스에는 벨로 안 좋다가도 화전 놀음 갈 때는 고부간에 손발이 착착 맞아가주고 나대는데, 지 혼자 힘으로는 말릴 재간이 없디더."
    옆에 있던 주걱턱 유생이 발을 달았다.
    "하이고, 말도 마시더. 화전 놀음 하루 안 놀리줬다가 일 년을 어예 견딜라이껴? 기양 하루 놀리주고 일 년 편한 기 낫니더."

안직원이 혀를 찼다.

"허허이, 이 사람들이? 양반집 부녀자들이 부덕을 도외시하고 콧구무에 바람이 들마 그 길로 집안이 망하고 나라가 망한다 그이께."

말석에 있던 체수 자그마한 유생이 고개를 외로 꼬고 쭝덜거렸다.

"나라는 벌써 망했는데 새삼시리……."

안직원의 가느다란 눈초리가 파랗게 날을 세웠다.

평소에도 눈치가 좀 모자란, 콧방울이 유달리 넓은 유생이 체소한 유생에게 맞장구를 쳤다.

"내 말이 그 말이시더. 나라도 망했는데 향교 섬긴다고 쌀이 나오나 떡이 나오나, 논어 맹자 공부해가 과거를 볼 게라 벼슬을 할 게라 그래쌈시로, 아 어마이가 얼굴만 마주치마 바가지를 긁어쌓는데 어예 답을 해야 좋을지 모르겠니더."

안직원이 턱수염을 부르르 떨며 주먹으로 서안을 탕, 쳤다.

"허허이, 암탉이 울어쌓으마 그 길로 온 집안에 망조가 든다 그이."

한동안 명륜당 안에는 불편한 정적이 감돌았다. 안직원이 헛기침을 두어 번 했다. 눈치 없는 콧방울이 별안간 목소리를 높였다.

"그건 그렇고 우리 향교 상춘賞春 꽃놀이 날은 잡았니껴?"

체소한 유생이 콧등을 찡그리며 사뭇 지청굿조로 웅얼거렸다.

"일 년이마 삼백육십 일을 노는데 새삼시리 날을 잡고마고 할 일이 있을니껴……"

콧방울 유생이 손사래를 쳤다.

"그건 아니시더. 우리사 놀지마는 기생들은 아니잖니껴. 선약을 안 해놓으마 못생긴 것들밖에 없다 그이께요."

안직원이 턱을 치켜들고 길게 탄식했다.

"허허이, 안죽 세상살이 경륜이 한참 모자러이……. 이 사람들아, 단디 듣게. 인물 좋은 기생은 인물값 하니라꼬 시중을 안 든다네. 외려 우리가 즈그 시중을 들어줘야 되지. 시중드는 건 못생긴 기생이 훨씬 낫다 그이."

콧방울이 고개를 설레설레 흔들었다.

"인물 좋은 기생이사 가만 놔두고 보기만 허도 좋잖니껴? 시중 같은 거는 안 받아도 될시더. 시중이사 귀 빠진 날부터 입때껏 신물이 나도록 받는 거잖니껴. 아이고, 집에만 드갔다 그마 늙은 할매부터 어린 소실까지 쭈루니 나서가 하늘 같은 가장이라꼬 얼매나 시중을 들어쌓는지, 그거 다 받아주는 것도 힘드니더."

체소한 유생이 삐죽거렸다.

"그놈의 어린 소실, 하루라도 자랑을 안 하마 입 안에 **쎗바늘**혓바늘이 생기나. 소실 없는 놈은 어데 서러버가 살겠나."

주걱턱 유생이, 채소한 유생을 곁눈질하며 나섰다.

"고만에 아녀자들 화전 놀음 가는 날, 우리도 상춘놀이 가뿌시더. 집구석에 있어 보이 시중들어줄 여편네도 없잖니껴."

유생들 다수가 고개를 끄덕였다. 안직원도 이번에는 허연 턱수염만 쓰다듬었다.

화
전
시
샘

우르르 쾅쾅.

"아이고 어매요!"

삼월이가 방아확*에 찹쌀을 한 줌 던져 넣다 말고 비명을 질렀다. 디딜방아를 밟던 상단이도 오금이 저려 주저앉았다.

대청마루의 단양댁은 다듬잇방망이를 떨어뜨렸고, 마주 앉아 다듬이질을 하던 봄이는 제 앞섶을 움켜쥐었다.

상단이가 방앗간을 나와 부쩍 어두워진 하늘을 올려다보았다.

"참말 비가 올 챔인가?"

삼월이가 방아확 주변으로 흩어진 쌀알을 주우며 대답했다.

● 방앗공이로 찧을 수 있게 돌절구 모양으로 우묵하게 판 돌.

"낭패다."

"쎄리 퍼붓지만 않으믄 어예라도 갈 낀데."

"가봤자데이. 춥고 으실으실하고 앉은자리 축축하마, 암만 애를 써도 흥이 덜 나."

"하기사. 노인들 입수구리 퍼러이 해가 추버라 추버라 해쌓고 얼라들 콧물 훌쩍거리미 보채쌓는데 그 곁에서 무슨 흥으로 춤을 추고 노래를 할로."

단양댁은 일손을 내려놓았다.

"이게 다 화전치레할 옷인데……. 화전을 못 가그러 하늘이 저래 울어쌓니 옷이고 뭐고 손질할 마음이 안 나잖나……."

그예 빗방울이 한두 방울 듣기 시작했다.

"하이고, 참말 하늘도 무심테이. 어예 화전만 갈라 그마, 비가 와뿌노, 그쟈?"

봄이가 고개를 갸웃하곤 동그래진 머루눈을 깜박거렸다.

참말, 화전만 가려고 하면 비가 왔던가? 지난해에도, 지지난해에도, 무사히 화전을 갔는데?

마당에서 풀내음, 흙내음이 물씬, 올라왔다.

명륜당을 나서던 안직원과 유생들이 걸음을 멈추고 하늘을 올려다보았다. 안직원 집 누대 종 막돌애비가 지우산을 펼쳐들고 안직원을 쫓아왔다.

안직원이 집게손가락을 허공으로 내지르며 일갈했다.

"봐라. 암탉이 설치이 하늘도 벌을 주잖나. 인자 천명을 받들어 화전 놀음이란 해괴한 놀음은 영영 작파하는 것이 옳을 챔이라."

유생들이 딱한 눈빛을 주고받기만 하고 맞장구를 치지 않자, 안직원이 돌아서며 발을 굴렀다.

"안 그런가, 이 사람들아?"

주걱턱 유생이 턱을 쑥 내밀며 물었다.

"그라마 우리 상춘놀이는 어얄니껴? 그것도 내일이잖니껴?"

콧방울 유생도 거들었다.

"기생들도 마카_{모두} 섭외해놨니더. 어얄니껴?"

안직원이 목청을 돋우었다.

"허허이, 이 사람들이? 내일만 날이가? 날이사 새로 잡으마 고만이라."

"글키는 하지마는."

유생들이 머리를 주억거렸다. 안직원이 입꼬리를 아래쪽으로 비틀며 혀를 찼다.

"쯧쯧. 생각들이 그래 꽉 맥히 있으이 이 나라가 오늘날 요 모양요 꼴이잖나. 이러이 내가 죽고 싶어도 죽지를 못하네. 자네들 손에 이 향교를 맽길 생각을 하마, 앓다가도 병이 달아나고 자다가도 잠이 깨이뿌래."

유생들은 헛기침을 하거나 코를 킁킁거리며 안직원을 뒤따랐다.

화
전

추
렴

    닭이 울고 개가 짖었다. 희푸른 새벽 이내가 고샅길 귀퉁배기로 물러섰다. 안팎 마을 삼십여 호가 일제히 술렁거리기 시작했다.
    안동댁은 이부자리에서 일어나 엉금엉금 기다시피 몸을 옮겨선, 지게문을 탁, 소리 나도록 열어 젖뜨렸다. 자고 일어나면 더 뻣뻣해지는 관절 탓에 미간이 절로 찌푸려졌다.
    "에구구구구……. 생일상은 못 받아먹어도 화전은 놀았음 싶다마는……."
    봄날이라도 새벽바람은 차다. 찬바람을 쏘인, 안동댁의 찔꺽눈에 눈물이 괴었다. 안동댁은 목수건으로 진물진물한 눈자위를 꾹꾹 눌렀다. 뿌연 시야에 홍옥처럼 예쁘장하게 떠오르는 햇덩이가 들어왔다. 안동댁은 바람결에 실려오는 홍옥의 향내라도 맡는 양

거푸 콧방울을 벌름거리다, 곰방대로 놋쇠 재떨이의 가두리를 땅, 땅, 두드렸다.

"야야 상단아, 삼월아. 퍼떡 일나라. 일나가 저 해를 좀 보래. 어제는 없던 해가 오늘은 와 떴을로? 불쌍한 우리 여자들 하루라도 잘 놀으라꼬, 화전 날을 안 잊아뿔고 떴을 거 아니라? 우리가 놀아 보이 얼마를 놀로? 딱 저 해 떨지기 전까지 노는 게래. 잠이사 내일 자도 되고 모레 자도 안 되나. 내일은 아침 밥상도 채리지 마고 실컷 자라 글 챔이, 오늘은 퍼떡 일나라, 으이?"

곧 두 여종이 저고리 고름을 고쳐 매며 안방 툇마루 앞으로 달려왔다. 삼월은 눈곱을 떼고, 상단은 입이 찢어져라 터져나오는 하품을 양손으로 틀어막았다.

"야야 삼월아, 니는 가리(가루) 걷아 온나. 찹쌀가리도 괘안코 밀가리도 괘안타. 상단아, 니는 지름(기름) 걷아 온나. 참지름도 괘안코 들지름도 괘안코 암것도 없으마 아주까리지름도 괘안타."

떼어낸 눈곱을 치맛자락에다 쓱쓱 문대어 닦고는 허청허청 돌아서는 삼월을, 안동댁이 불러 세웠다.

"야야, 삼월아. 우리 집은 찹쌀가리 한 말이다. 한 말, 퍼내라."

삼월이 눈을 비비고는 안동댁을 다시 보았다.

"차, 찹쌀가리를 반 말도 아이고…… 한 말씩이나 낸단 말씀잇껴?"

안동댁이 목수건으로 눈가를 닦고 체머리를 흔들며 말했다.

"기집 배는 곯는 배라 카는 말이 와 생깄겠노? 죽도룩 방아 찧고 불 때가 밥을 해도 부모 섬기고 서방 섬기고 시끼 섬기고 나믄 지 배는 곯기가 십상이라. 요새 같은 보릿고개에는 더하잖나. 못 놀 줄 알았던 화전을 놀게 되가 내 맘이 하늘을 막 날라갈 거 같은데, 다같이 재미지게 놀라 그마 우선에 배가 불러야 안 될라. 그라이 우리 집 찹쌀가리부터 싹싹 긁어가 꽃지짐을 푸짐하그러 부치보자 싶은 게래."

"제, 제사 씰 거는 어얄니껴?"

"제사에 찹쌀가리 씰 일이 경단 빚고 차노찌● 굽는 겐데, 그거는 본시 해도 되고 안 해도 되는 게래. 그라고 홍수 증조할매는 육십 평생에 오십 년은 배를 곯은 분이라가 내가 어떤 맘으로 화전 찹쌀을 내는지 이해를 하시고도 남을따. 멀건 쑥물이나 시래기죽으로 보릿고개를 넘길라 그마, 밥이나 떡이나 지짐이나 그런 기 얼매나 땡기노. 밤이나 낮이나 눈앞에 그런 음식이 아른아른, 어른어른, 아이고 내가 이런 말하마 천벌을 받을란지는 몰라도, 돌아가신

● 동글납작하게 빚은 찹쌀 반죽을 기름에 지져, 채 썬 대추나 잣으로 장식한 떡.

서방님보다 그런 음식이 더 생각키고 더 그립다꼬.

하여튼 삼월이 니는 가리나 안 흘리고 다담시리 잘 퍼내라. 홍수 증조할매 제사 지낼 요량은 내 머릿속에 다 있으이 그 걱정은 하지 마고."

"예에."

삼월이 시원스레 대꾸했다.

"상단일랑은 우리 참지름도 한 되 퍼내고."

삼월이와 상단이 동시에 눈을 맞추었다. 안동댁이 서울에서 공부하는 아들 밑으로 학비를 끌어대다 못해 얼마 전에는 빚까지 낸 일을, 그들도 뻔히 알고 있었다. 전답이 넉넉하니 가을에 수확한 곡식을 팔면 얼마든지 갚을 수야 있겠으나, 안동댁이 여자치고 통이 커도 너무 크다는 생각을 둘이 똑같이 한 것이었다.

하지만 주인의 통이 커서 아랫것들한테 안 좋을 일이 뭐가 있으랴. 두 여종은 눈웃음을 지으며 고개를 조아렸다.

"예에, 마님요. 부지러이 댕기옴시더."

삼월은 광목 자리뭉치●를, 상단은 귀 달린 자배기●●를 들었다.

● 곡식이나 과실 따위를 담는 데 쓰는, 헝겊 따위로 기다랗게 만든 큰 주머니.
●● 둥글넓적하고 아가리가 넓게 벌어진 질그릇.

못 사는 집은 건너뛰고 웬만치 밥술이나 뜨고 산다는 집들만 골라 다니며 화전 추렴을 시작했다.

동네서 알아주는 노랑이 덕산댁은, 안동댁네보다 훨씬 큰 부자이면서도, 고작 밀가루 반 되를 냈다.

"아이고, 고래등 같은 기와집에 살마 뭐하노. 마음 주머니가 저쿠 쪼매난데."

배알이 틀린 삼월이 입아귀를 일그러뜨렸다.

안동댁 말고는 다들 삼월과 상단을 반기며 제 형편껏 가루나 기름을 내놓았다. 그렁저렁 주워 모으니 가루가 닷 말가웃●, 기름은 참기름, 들기름 합하여 반 동이를 훌쩍 넘었다.

● 한 말 반쯤의 분량.

화
전
단
장

 《시경詩經》과 지필묵을 챙긴 안동댁이 경대 앞에 앉아 자글자글 주름진 얼굴에나마 지분을 찍어 바르고 허옇게 센 머리털에나마 잣기름을 칠했다. 단양댁은 돌배기 아이를 안고 윗목에 앉아 있었다. 안동댁은 거울에 비친 외며느리의 낯빛에서 조바심을 읽었다.
 "야야, 새아야. 내 곁에서 시중들라 그지 마고, 새아 니도 퍼떡 뀌미라꾸며라. 뀌미는 김에 니 시누도 뀌미주고. 둘이 똑같이 달나라 항아매이로 동네가 훤하그러 뀌미가 나서보래이. 홍수는 죽산댁이한테 맽기놓고. 죽산댁이는 쪼매 기다렸다가 뀌미게, 으이?"
 드난살이하는 죽산댁이 걸레질하던 손을 마른수건으로 닦고는, 단양댁을 향해 팔을 내밀었다.
 "예, 마님요, 그라께시더. 새아씨요, 데련님 지한테로 넹기소."

죽산댁에게 홍수를 넘기는 단양댁의 입가에 미소가 번졌다.

얌전히 별당으로 물러난 단양댁은 봄이를 불러 앉히고 머리단장부터 시작했다. 참빗으로 빗고 잣기름을 바른 뒤, 양쪽 귀밑머리 총총 땋고 다시 한 묶음으로 땋다가 자홍색 갑사댕기를 물렸다. 명주 다리속곳, 속속곳, 고쟁이를 차례로 입히고 잘게 누빈 겹허리띠를 매인 뒤, 초록빛 열두 폭 비단치마를 밑단 툭툭 떨쳐입히고 무명 속적삼 위에 분홍빛 씨실과 연둣빛 날실로 짠 비단 겹저고리를 받쳤다.

봄이를 옆에 앉혀두고 단양댁은 제 머리의 쪽을 다시 지어 옥비녀를 꽂았다. 뽀얗게 분세수한 얼굴을 경대 가까이 들이대고는 양손에 붉은 실, 푸른 실을 감아들고 숱진 눈썹을 소백산 능선처럼 가늘게 지어냈다. 연지를 찍은 세필로 앵두 입술도 그렸다. 복숭앗빛 저고리에 감람녹색 치마를 입고, 속고름에는 은장도를, 겉고름에는 은조롱, 금조롱, 두 가지 패물을 비껴 찼다. 그리고 봄이에게는 해가 수놓인 비단 너울을 주고 저는 달이 수놓인 비단 너울을 골라 썼다.

섬섬옥수로 너울을 감아든 두 색시가 구름 무늬 수놓인 갖신을 날 출(出) 자 모양으로 꿰어 신고 안채로 들어가니, 안동댁은 어여쁜 며느리와 수양딸이 자랑스러워 헤벌어진 입을 다물지 못했다.

봄이는 안동댁의 눈을 피해 그늘진 벽장 아래 서서 너울 끈을 목에 감아보았다. 그대로 목통을 옥조이니 눈앞이 어질어질했다.

별거 아니야. 잠깐 어지러우면 그뿐.

"새아 니는 홍수 데불고 나가고, 죽산댁이도 갓방 가서 꾸미고. 야야, 봄아, 봄아. 니는 날 좀 도와다고."

봄이는 짧은 한숨을 토해내고 안동댁에게로 다가갔다. 안동댁이 찔꺽눈을 끔벅, 끔벅, 힘주어 감았다가 떴다. 변기를 대령하라는 신호다.

마을에서 제일 후미지고 가파른 비봉산 자락 도린곁. 사랑채와 안채, 행랑과 고방, 방앗간과 우물까지 제대로 갖춘 기와집 온채와 사립짝도 없이 거적문만 둘러친 오막살이가 마주 보고 섰다.

멀리서 보면 그럴싸한 기와집이되 가까이서 보면 푸르께한 기와꽃이 더께더께 얹힌 지붕에서 금시라도 머리털 풀어 헤친 귀신이 와락 튀어나올 성싶게 을씨년스러운 집은, 십칠 세 청상과부 달실댁과 칠십 넘은 안잠자기* 남동할매, 단 두 사람이 죽은 듯이 살아

---

* 남의 집에서 먹고 자며 살림을 도와주는 여자.

가는 곳이다.

애당초 화전이고 무엇이고 관심이 없는 달실댁은, 철궤연*한 지 일 년 넘은 자그마한 빈소에서 비녀도 찌르지 않은 채 희부연 소복 차림으로 옹송그리고 앉았다. 두 뺨은 소금기가 말라붙어 버석하고 반쯤 뜬 채 미동도 않는 눈동자에는 초점이 없다. 문간에서 달실댁을 지키고 앉은 남동할매가 고개를 옆으로 떨어뜨리며 그르렁그르렁 코를 골았다.

멀리서 보면 다 쓰러져가는 오두막이되 가까이서 보면 살뜰히 갈아엎은 텃밭에서 푸성귀 싹이 줄 맞추어 파르라니 올라오고 노랫소리, 웃음소리가 심심찮게 터져나오는 집은, 엿장수 덴동어미와 덴동이 모자가 부둥켜안고 사는 곳이다.

거적문을 밀치고 덴동이가 비틀걸음이나마 제 딴에는 달음질쳐 나왔다. 이마와 왼뺨, 귓불, 목덜미 살갗이 울퉁불퉁, 얼룩덜룩하다. 왼손은 오그라들었고 왼다리는 뻐드러졌다.

"어매, 비 안 온데이. 보래. 참말 안 오제? 어매, 비 안 오마 화전 가나?"

덴동어미가 뒤따라 나왔다.

....
* 撤几筵. 삼년상을 마친 뒤에 신주를 사당에 모시고 빈소를 거두어 치움.

"가고마고. 날도 참 마침맞그러 잡았데이."

덴동어미가 실눈을 뜨고 양 손바닥을 앞으로 내밀면서 천지에 가득 찬 봄빛을 받아 안았다. 깊이갈이한 밭고랑 같은 주름살 골골이 흰 봄맞이꽃이 피어나는 듯했다.

"이래 어름어름 어리댈 때가 아니다. 덴동아. 니, 얼른 소세하고 와가, 어매 화전보따리 챙그리는 거 쪼매 도와다고."

"으응."

덴동이가 엉덩이를 씰룩이며 길 건너 달실댁네 우물가로 갔다.

우물가 버드나무에도 연둣빛 물이 흠씬 올랐다. 버드나무 우듬지에 걸터앉은 아침 햇덩어리는 금실처럼 눈부신 빛살을 온 사방에 뿌려댔다. 우물 주변 빈터의 검붉은 개흙에는, 그 빛살을 한 움큼씩 뭉쳐놓은 듯 샛노란 양지꽃이 듬성듬성 피었다.

엿은 목판에 담겨 종류별로 쟁여져 있다. 그제는 먼지바람 탓에, 어제는 비 탓에, 장사를 못해 목판들이 죄다 그득그득하다. 시루에 지에밥● 쪄본 지가 닷새는 넘은 듯하다.

덴동어미는 커다란 대소쿠리에 베보자기를 깔고 가지가지 엿을 색깔 맞춰 담기 시작했다. 가위 장단이 없어도 엉덩이가 제풀에 씰

....
● 찹쌀이나 멥쌀을 물에 불려서 시루에 찐 밥.

룩거려지며 흥이 올랐다.

  엿장수 십 년에 이력이 난지라, 흥만 오르면 저절로 타령이 붙는 덴동어미였다. 죽은 영감 조첨지한테서 배운 타령도 부르지만, 장마당을 떠돌며 얻어들은 가락을 이어붙이고 상황에 맞추어 제멋대로 지어 부르기도 잘했다. 엿가락끼리 붙지 않게끔 새새틈틈 밀가루를 묻히던 덴동어미가 제 흥에 겨워 한 곡조, 뽑았다.

    참깨 들깨 다 노는데, 아주까리 못 놀까나
    동네 부녀 다 노는데, 이내 몸이 못 놀까나
    일 년은 삼백육십 일, 화전 놀음은 딱 하루
    내 인생 하마_{벌써} 갑년_{甲年}, 올해 죽을까나 내년에 죽을까나
    화전 놀음을 놀아봐야 몇 번을 더 놀까나
    백년광음 희쁜_{헤픈} 인생 아니 놀고 무엇하리
    삼월청명 못 놀고서 그 어느 때 놀잔 말이라
    오월유월 단오절은 녹양추천 좋단다만
    죽은 낭군 떠올라서 내사 싫네 내사 싫어
    삼복염천 쨍쨍한 날 너무 더워 못 놀래라
    팔월구월 중추절은 황국단풍 좋단다만
    추풍낙엽 가련하여 차마차마 못 놀래라

시월동지 섣달에는 설중매화 좋단다만

엄동설한 삭풍 속에 살이 얼어 못 놀래라

아마도 좋은 때는 춘삼월이 으뜸이라

청명한식 좋은 시절 이날이 제일이라

가세 가세 화전 가세 꽃 지기 전에 화전 가세

근친길이 제일이요 화전길이 버금이라

그루 좋은 화전 놀음 안 갈 일이 어데 있노

가자 글 때 가야지 더 늙으마 안 끼아줄라

이내 몸은 엿장사라, 가리가 있나 지름이 있나

맛 좋고 빛깔 좋은 엿이라도 들고 가세

백설 같은 찹쌀엿에 거머팅팅 수시엿

누리끼리 호박엿 몸에 좋은 하늘타리엿

겡상도서 젤 이름난 보리엿

빠주마_{빠트리면} 섧은 흑임자엿 무꾸무엿

화전행차

    가루는 안동댁네 삼월이와 상단이가 이고, 기름 동이는 영양댁네 취단이가 이었다. 덕산댁네 향란이는 장구며 꽹과리 따위 쥘채 풍물을 담은 큼지막한 걸망을 메었다. 안동댁은, 솥단지와 솥뚜껑 여러 개, 나뭇단, 크고 작은 그릇들, 부추와 미나리 따위를 담은 달구지 앞자리에 올라탔다. 그 달구지를, 안동댁네 중머슴 오복이가 앞에서 끌고, 오록댁네 담사리* 수동이가 뒤에서 밀었다.

    노랑이 알부자답게 소박한 회청색 무명 두루마기를 입은 덕산댁이 단양댁에게 말을 걸었다.

    "이달 보름께 홍수 아바이가 댕기러 온다 그데? 좋겠네, 새사

---

* 나이 어린 머슴이나 식모를 일컫는 말.

람?"

 단양댁이 대답을 못하고 고개를 수굿이 외로 꼬았다. 아니나 다를까, 홍수 아비가 담뱃내 나는 단숨을 몰아쉬며 살을 밀어붙일 밤 생각이 났다. 어쩌면 홍수 아우가 생길지도 모른다……. 귀뺨이 뜨겁게 달아올랐다.

 덕산댁이 단양댁에게 바싹 다가서며 입꼬리를 말아 올렸다.

"견우직녀같이 떨어져 있던 신랑각시가 한이불 속에 들마 깨소금이 얼매나 쏟아질라?"

 영양댁이 눈웃음을 치며 끼어들었다.

"이불을 짜마 참지름이 한 동우(동이)는 족히 될따."

 오록댁이 말 고명을 얹었다.

"하이고, 꼬신내가 하마부터 진동을 한데이."

 사람들이 하하, 호호, 헤헤, 웃어젖히자, 단양댁은 너울로 얼굴을 뒤집어쓰다시피 하고 눈만 빼꼼 내놓았다. 떠꺼머리 오복이와 수동이가 제 일도 아니면서 벌게진 얼굴을 감추느라 씩씩거렸다.

 봄이는 타박타박 걷던 걸음을 멈추고 저도 모르게 눈살을 찌푸렸다.

 오라버니라는 사람. 피 한 방울 안 섞였지만 한 어머니에게 의탁했다는 이유로 오라버니라 불러야 하는 사람. 여자라면 환장을 하고 술, 담배를 끔찍이 즐기는 스물두 살의 한량.

어머니는 무턱대고 그를 믿고 그를 사랑한다. 동경 무슨 서점의 책을 한 질 사야 한다, 성적을 잘 받기 위해 교수에게 선물을 해야 한다, 밤을 새워 공부를 하다 몸이 허해졌다 따위의 온갖 구실을 대며 그가 돈을 요구할 때마다 어머니는 빚을 내서라도 그 돈을 만들어 보내고서야 편한 잠을 주무신다.

봄이는 지지난해 겨울, 여고보女高普*를 알아보느라 서울 오라버니 하숙집에서 닷새를 묵으면서 오라버니라는 사람에게 덧정이 떨어졌다. 어머니 형편이 그리 윤택하지 않은 줄 알기에, 게다가 서울 가봤자 오라버니 집에서 오라버니 밥해주며 공부해야 할 처지임을 잘 알기에, 봄이는 닭고집을 부리고 집에 눌러앉았다.

갑자기 왜 집에 내려온다는 거지?

문득, 어머니가 며칠 전에 했던 말이, 봄이의 뇌리를 스쳤다.

봄아, 니 오래비가 그래도 니 생각, 많이 한데이. 내일이라도 내가 죽어쁘마 누가 니를 돌봐줄라? 이 세상에 니 오래비뿐이데이. 그저 니는 오래비를 태산같이 믿고 따리라, 으이?

....
* '여자고등보통학교'의 줄임말. 일제강점기에 여자에게 고등보통학교의 교과 과정을 실시하던 4~5년제 학교.

봄이는 저도 모르게, 앞니로 아랫입술을 꽉 깨물었다. 비릿한 피 맛이 났다. 심장이 떨렸다.

아아, 그것이었어. 오라버니란 사람, 내 학교 문제가 해결되었다면서 나를 데려가려는 거야. 수화 공부를 시켜서 농아학교 선생을 만들자는 번드르르한 말로 어머님을 설득하겠지……. 여학생과 연애하고 기생집을 학교보다 더 자주 들락거리는 주제에 누이까지 데려다놓고 어떡하겠다는 거야? 아아, 이번에는 내 고집도 안 통할 거야. 어머님은 그를 모르셔. 그자의 말주변에 홀딱 넘어가고 말 거야…….

봄이의 팔뚝에 오스스, 소름이 돋았다. 지난해 초봄, 단양댁이 해산하러 친정으로 떠나던 날의 기억이 어제 일처럼 선연한 모습으로 머릿속에 떠올랐기 때문이다.

푸르께한 안개가 반쯤 걷힌 아침이었다. 안동댁은 안팎 식솔들에게 이것저것 신칙*을 했고, 단양댁은 부른 태를 너무 눈에 띄게 내밀지 않으려 애쓰며 구부정히 서 있었다. 가마 두 채와 교꾼들이 바깥마당에서 두 여인을 기다렸다. 안동댁이 손짓을 하자, 오복이

* 단단히 타일러서 경계함.

가 갖은 정과, 유밀과, 찰떡이 얹힌 지게를 짊어졌다. 안동댁이 단양 사돈집을 위해 보름 전부터 정성껏 마련한 음식이 그 지게에 실려 있었다.

안동댁이 드난꾼 새내댁을 불러다 봄이를 부탁했다.

"새내댁이, 내 댕기 올 때꺼짐은 밤에 마실 가지 마고 이 아 옆에 꼭 붙어 있게, 으이?"

"그라고마고요. 요만침도 걱정 마이소."

새내댁이 엽렵스레 대꾸했다.

안동댁이 봄이의 손을 잡고 달래듯 어깨를 어루만졌다.

"니도 퍼떡 조카 보고 싶제?"

봄이가 고개를 끄덕였다.

"나도 그렇다마는 그기 다 우리 욕심이래. 친정서 아 놓고 몸조리하는 기 느 올케한테는 몇 배로 편할 게래. 나는 오늘 부석사에 가가 사흘을 비손하고 올 챔이께네 나흘 뒤에나 만낼따. 봄이 니를 혼자 놔두고 가는 기 쪼매 맘에 걸린다마는, 어린 처자가 절집에 나댕기는 것도 남 보기 덜 좋으이, 니는 그저 상단이가 해주는 밥 잘 먹고 새내댁이가 자리 봐주거들랑 잠이나 잘 자고 있으마 된다. 그리고 쪼매난 일이라도 있으마 새내댁이하고 의논하고, 알았나?"

봄이는 안동댁을 안심시키기 위하여 아까보다 더 힘차게 고개를 끄덕였다. 안동댁은 봄이의 머리를 쓰다듬어주고 옷깃을 여며주며 다시금 변명하듯 말했다.

"내가 느 올케 회임시게 돌라고도 백일기도를 올렸잖나. 어렵기 회임해가 뱃속에서 저만침 키왔으이 인자 순산하기만 기둘리마 되는 게야 누가 모를라? 하지마는, 내가 어데 손자손녀 드글드글한 남들하고 처지가 같아야 말이제. 냉쥬(나중에) 저승 가서 조상님들한테 안 부끄러블라 그마, 아무 탈 없이 순산시게 돌라고도 정성을 딜이야만 내 맘이 편하지 싶어가 이랜다."

안동댁과 단양댁이 가마에 올라타자, 교꾼들이 영차, 소리와 함께 가마를 멨다.

단양댁은 단양 친정으로, 안동댁은 부석사로 떠난 그날, 새내댁은 밤마실을 가지 않기 위해 대낮에 마실을 갔다. 봄이는 빈집에서 마음이 팬스레 헛헛하여 별당 안에 틀어박혀 조카에게 입힐 배내옷을 짓고 있었다.

창호에 비끼는 햇살이 시나브로 옅어지던 하오(下午), 방문이 스르륵, 열리기에 봄이는 무심히, 새내댁이 돌아왔나보다, 했다. 그러나 콩기름 먹인 노란 장판지에 드리운 그림자는 새내댁의 앙바틈한 그것이 아니라 겨울 땔나무 더미처럼 육중한 것이었다.

봄이는 너무 놀라서 배내옷을 떨어뜨렸다. 그림자가 껄껄껄, 웃었다.

"왜, 놀랬나?"

그림자가 봄이의 등 뒤로 다가와 털썩, 주저앉았다.

"처갓집 가는 길에 우리 집부터 들렀다. 우리 봄이가 보고 싶어."

그림자가 손을 들어 봄이의 머리채를 쓰다듬었다. 봄이는 배내옷을 집어 들고 돌아앉으면서 머리채를 빼냈다. 그림자가 형체를 드러냈다. 큼직큼직한 이목구비, 네모진 얼굴에 능갈맞은 미소는 여전한데, 눈가와 입가에 주름이 자글자글하고 콧방울에 붉은 핏줄이 얼기설기 거미줄을 쳤다. 밤낮을 가리지 않고 주색잡기에 몰두한 결과일 터.

"든 사람은 몰라도 난 사람은 안다 그잖나. 옛말 그른 기 없는 기라. 니가 그래 쪼만침 와 있다가 가뿌이, 참말 보고 싶어 못살겠더라."

봄이는 어깨를 껴안으려드는 오라비를 엉덩걸음으로 요리조리 피했지만, 금세 방구석으로 몰렸다.

"오래비가 오랜만에 누이를 만났으이 양코배기들이 하는 거매이로 인사 쫌 하자."

그는 봄이의 뺨에 제 뺨을 비비고 봄이의 입술에 제 입술을 맞추다가, 봄이가 온몸을 와들와들 떨자, 그제야 물러섰다.

"촌스럽그러, 쯧쯧. 오래비가 어예 이래노, 묻는 게라? 우리는 아무 관계도 아니래. 까놓고 말해가, 내가 왜, 니 오래비로?"

그가 돌아서서 나가려다 말고 나직이 뇌까렸다.

"어매한테 일러바칠 생각일랑 하지 마라. 느 올케한테도 마찬가지고. 성질, 잘 알잖나? 하나같이 촌스러버가……."

형체가 분명치 않은 무언가가 봄이의 눈앞으로 팔랑팔랑, 날아왔다.

나비였다.

삼월 삼짇날엔 나비 점을 친다. 그날 처음 보는 나비가 호랑나비나 노랑나비면 좋은 일이 있을 거랬다. 흰나비는…….

흰나비 한 마리가 저만치 멀어져 갔다.

화
전
청
유

 비봉산 산자락, 달실댁의 기와집 앞은 달밤의 뜨락처럼 적요했다. 안동댁이 달구지를 세우라 이르고 큼큼, 목청을 다듬었다.
 "이보게, 달실 새사람, 퍼뜩 나오게. 동네 여자들이 마카 다 놀러 가는데 자네 혼자 안 가마 자네 맘도 섶지마는 우리 맘도 편치 않네. 퍼뜩 준비해가 나오게, 으이?"
 아무 대답이 없었다.
 "이 사람아, 준비도 필요 없네. 기양 몸만 나오게. 자네가 그라고 들앉아 있으만 하늘에서 우리 조카도 맘이 안 좋을따. 퍼뜩 나오게, 으이?"
 잠시 후, 울음 끝에 꽉 잠긴 목소리가 대문 빗장 사이로 새어나왔다.

"아지매가 이쿠 권(勸)을 하시이……. 금방 나겠시더."

안동댁이 이번에는 고개를 오두막 쪽으로 돌렸다.

"건넛집에 덴동어매는 뭐하노?"

안동댁의 음성이 딴판으로 카랑카랑해져 있었다.

"안 갈 챔이마 우리끼리 가뿐데이."

오두막집 뒷간에서 난딱, 답이 왔다.

"아이고, 안동 마님요. 다 빼놓고 가시도 지를 빼고 가시만 안 되니더. 약방에 감초라꼬 엿장사 덴동어마이가 언제 노는 자리 빠지디껴?"

뒤이어 덴동어미가 광당목 반물치마를 추스르며 뒷간을 나와서는, 그 크고 웅숭깊은 목소리로 넉살을 떨었다.

"똥도, 똥도, 무셰라무서워라. 무슨 똥자루가 그쿠 굵은지, 구무에 딱 틀어백히가 빠지지를 않잖니껴? 들가도 나오도 안 하고 똥구무 한복판에 딱 백히 있는데, 이 일을 어예꼬 싶은 게 식겁하겠디더. 그런데 우리 안동 마님 음성이 탁 들리이께네 무슨 대꼬챙이 같은 거로 쑤신 거매이로 이만침 굵은 똥자루가 꾸불텅꾸불텅, 쑤욱, 삐져나오잖니껴? 안동 마님요, 마님 덕택에 지가 마 궁디이가 시원하이더. 참말로 고맙니데이."

일행이 배꼽을 쥐고 왁자하니 웃었다.

달실댁은 그 웃음소리를 다 듣고서야 이를 악물고 일어섰다. 악문 잇새로 끙, 신음이 나왔다. 어질증이 도졌는지 눈앞이 뱅그르르 돌았다. 오목조목 귀염성스런 인물이건마는 단장할 마음 전혀 없는 달실댁은, 눈곱 떼고 눈물자국 지우고 헝클어진 머리털을 둘둘 뭉쳐 누르고는 녹슨 구리비녀를 아무렇게나 찔렀다. 그리고 입던 고쟁이에 낡은 치마, 끝동 없는 흰 저고리를 대강대강 수습하여 방문을 나섰다. 좁은 퇴에서 허방지방 발을 헛디며 고꾸라지려는 달실댁을, 머리 허연 남동할매가 번개 같은 동작으로 붙들었다.

"아씨요, 조심하이소. 안 잡숫고 안 주무시이 이래 자꾸 휘청휘청 넘어질라 그잖니껴? 이래다가 큰일 날시더."

큰일은 무슨 큰일……. 큰일 나가 죽어뿌마 고만에 속 편치.

달실댁은 남동할매의 말을 귓등으로 흘리며 갓신에 버선발을 꿰었다.

"덴동아……. 덴동아, 야야."

봄이를 훔쳐보던 덴동이가, 방금 꿈에서 깨어난 얼굴로 어미를 돌아보았다. 어미가 한쪽 무릎을 꿇고 앉아 있었다.

덴동이는 얼른 어미의 정수리에 똬리를 받치고 엿이 든 사각 대소쿠리를 반듯이 얹었다. 다시금 봄이를 곁눈질하자니, 봄이의 눈길도 덴동이에게 옮겨와 있었다. 덴동이는 화닥닥 시선을 거두고 절름거리며 사립 안으로 물러섰다.

화
전
놀
음

　순흥 땅 비봉산은 산세가 비상하는 봉황새 모양으로 장하나 험하지 않고, 위로는 메숲지나 아래로는 판판하다. 바야흐로 골골샅샅이 진달래 붉은 꽃빛이 등등하고, 노랑나비 흰나비가 저희도 화전놀이 가려는 양 날개를 파닥거리며 사람들을 쫓는다.

　늙은 부녀, 젊은 부녀, 늙은 과부, 젊은 과부, 어미 못 떨어진 어린아이들까지 앞서거니 뒤서거니 하던 일자 행차가 산자락, 맑은 시내를 끼고 양지바른 풀밭과 평상처럼 생긴 너럭바위가 있는 명당을 중심으로 흩어져 자리를 잡는다. 오복이와 수동이가 작년에 솥 걸었던 큰 돌덩이들을 찾아와 솥을 걸고 볏짚과 청솔가지로 불까지 괄게 지펴놓고는, 꽃단장한 색시들을 힐끔힐끔 돌아보며 닭 쫓던 개 지붕 쳐다보는 낯꼴을 하고 마을로 내려갔다.

상단이는 솥단지에 개울물을 퍼 담아오고, 취단이는 불땀 좋은 마른 삭정이를 던져 넣고 부지깽이로 연신 청솔가지를 들춰가며 매캐한 연기를 빼냈다. 삼월이는 놋대야에 쌀가루를 풀고, 향란이는 솥뚜껑에 기름칠을 했다. 재바른 큰아기들과 젊은 색시 여럿이서 손 닿는 대로 꽃을 따고 파를 채치고 부추와 미나리를 썰고 소금 간을 하고 가루반죽을 하기 시작했다.

"우리 골에서 젤 목청 좋은 사람이 누구로?"

안동댁이 묻자, 젊은 부녀들이 입을 모아 답했다.

"엿장사 덴동어매 마고 누가 있니껴 어데?"

달구지 위에 돛대처럼 높이 앉은 안동댁이 고개를 끄덕이고는, 눈을 가늘게 뜨고 콧방울을 기세 좋게 벌름거렸다.

"천당이 따로 있을라, 여게가 바로 천당이게. 자자, 손발 빠른 젊은이들은 꽃지짐을 지지고, 소리 잘하는 덴동어매는 참꽃타령 함 해보게."

덴동어미가 마다할 리 없다.

"하고마고요. 안 시게주시마 섭섭했을 게시더."

덴동어미가 시원스런 탁성으로 참꽃타령을 불렀다. 안동댁이 누비이불로 시린 무릎을 감싸 안으며 웃었다.

"조옿다! 화전 놀음, 시작함세."

덴동어미가 안동댁을 향해 손사래를 쳤다.

"아, 화전 놀음이사 화전 공론할 때부터 시작한 게시더."

덴동어미와 청풍댁과 안동댁 같은 늙은이들이 올 화전 놀음 성사시킨 이야기를 주고받으며 서로 상대방을 추켜세우는 동안, 나이 어정쩡한 축은, 노소老少 갈라서 앉을자리를 봐주고 갖가지 엿을 담은 나무접시를 날랐다.

고소한 냄새를 풍기며 꽃지짐이 익어가니 젊은 색시들이 개중 상노인에게 먼저 맛을 보였다. 침을 꼴깍꼴깍 삼키며 노인들의 쟁반을 힐끔거리던 어린아이들도 곧 화전 쟁반을 받았다.

"엿하고 지짐하고 같이 먹으이 맛이 더 좋다이."

"그러게 말이래."

"아무것이 어떻다 아무것이 저떻다 그래싸도 일 년에 한 번 화전 놀음이 여자 놀음 중에서는 제일이시더."

"그렇고마고. 고마 일 년 묵은 체증이 이날 다 날아가잖나."

"이목구비 오장육부 다 똑같은 사람인데 어예다가 남자 몸으로 못 태이나고 여자 몸으로 태이나가 허구한 날, 괭이 앞에 쥐매이로, 수리 앞에 참새매이로 굽죄이고 사는 신세, 다만 오늘 하루라도 네 활개를 쫙 피고 놀아볼라니더. 젊은이들이 쪼매 설치가미 놀아도 오늘은 흉보지 마세이."

"암만. 맘대로 놀고 멋대로 놀거라."

노고지리는 날쌘 동작으로 높이 떠서 빌빌뺄뺄 피리 소리를 내고, 뻐꾸기는 나뭇가지에 숨어 뻐꾹뻐꾹 울었다. 꾀꼬리 고운 노랫소리는 화사한 봄빛을 자아내는 듯하고, 나비 떼가 머리 위, 어깨 위에서 나풀나풀 춤을 추었다. 신이 난 아이들은 나비를 쫓아 나부대고, 흥이 난 어른들은 저마다 재주를 자랑했다.

글 잘하는 안동댁은 지필묵을 펼쳐놓고 화전가를 새로 짓고, 월총● 좋은 영풍댁은 〈칠월편七月編〉●●을 줄줄 외웠다.

하나 누가 덴동어미를 당하랴. 목청 좋고 가락을 잘 타는 엿장수가 흥겨운 춤사위까지 곁들이니, 보는 사람도 신명이 절로 났다. 더러는 자리 털고 일어나 함께 춤추었고 더러는 앉은 채로 어깨춤을 덩실거렸다.

이마의 땀을 훔치며 자리에 앉는 덴동어미더러 오록댁이 청했다.

"덴동어매, 이왕 하는 김에 엿장사 타령●●●도 불러보소. 나는 그 엿장사 타령이 어예 그구 듣기 좋은지."

....
● 잘 외어 기억하는 총기.
●● 자연의 변화와 인간의 윤리를 연결하여 비유적으로 읊은 《시경詩經》의 편명.
●●● 경북 상주 일대에서 구전되어온 민요.

덴동어미는 궁둥이가 땅에 닿기도 전에 도로 일어섰다.

"오록댁이는 우리 엿 돋구이단골래. 다른 사람은 몰라도 오록댁이가 불러라 그마 불러줘야 되고마고. 야야 향란아, 가시개가위가 없으이 니가 물박이라도 뚜드리라."

마을 잔치가 있을 때마다 장구를 도맡아 치는, 덕산댁네 여종 향란이가 흥취 있게 물바가지를 두드리며 가위 장단을 대신했다.

어 엿장사가 왔어요 엿장사

싸구리 싸구리 엿장사

어딜 가마 그저 주나

울릉도 호박엿 강원도는 감자엿

경기도는 찹쌀엿 전라도는 밀가리엿 경상도는 보리엿

이 엿 저 엿이 좋다 그래도

경상도 땅에 보리엿이 좋구나

어 영감할마이 싸우다가 숟가락총 부러진 거

밥그릇 우그레져 못 씨는 거

두 내우내외 싸우다가 망건 깨진 거

비녀쟁이 떨어진 거 마차 모아 오게

오늘 장에 못 보면 다시 오기 어려버라

일 년에 한 번 오는 것도 아니고
이 년에 한 번 오는 것도 아니고
다달이 오는 것도 아니고 나날이 오는 것도 아니고
오늘 이 엿을 못 사면 다시 못 사리
싸구리 싸구리 엿장사
어데를 가마 그저 주나 어델 가마 그저 주나
이 엿 한 가락 못 사 먹어 늙기도 원통하다
싸구리 싸구리 엿장사

  나이 오십 먹은 며느리 오록댁이 어깨춤을 츠며 '이 엿 한 가락 못 사 먹어 늙기도 원통하다'를 따라하자, 칠십 먹은 시어미 가둘댁이 며느리의 등짝을 때리는 체하며 우스갯소리를 했다.
  "엿이라 그마 밥보담도 좋아하는 사람이 그 엿 한 가락 못 사 먹어 늙기도 원통하다이? 그쿠 원통커들랑 냉쥬 한 목판을 싹 털어 사 먹든지. 내가 암만 없이 살지마는 노랑 오줌 묻은 속고쟁이를 벗어가 팔아가주고라도 그 돈은 대줄 요량이께네."
  오록댁이 짐짓 놀라는 시늉을 했다.
  "아이고, 어매요. 그런 거를 누가 돈 주고 산다니껴?"
  가둘댁이 부러 성을 냈다.

"이 사람 말하는 거 쫌 보래? 개똥도 약에 씨인다 카는데, 니가 지금 내 속고쟁이를 무시하는 게라? 저 어데 잘 찾아보마 할마이 냄새 그리워 다 죽어가는 부자 영감탱이가 약에 썰라꼬 내 속고쟁이 같은 물건을 구할지도 모르잖나?"

덴동어미가 고부 사이를 비집고 들어서며 능청을 떨었다.

"가둘 형님요. 내한테 엿 사 잡숫는 할배 중에 마침맞기 할마이 냄새 그리워 다 죽어가는 이가 한 사람 있니더. 저으게 영양 산골짝에 사는 할밴데, 혼자 산 지가 삼십 년이라 그디더. 거게다 파소. 형님이 부끄러바 못 팔마 내가 대신 팔아줌시더. 노랑 오줌 묻은 속고쟁이 값으로 논 한 마지기야 못 살시더마는 오록댁이한테 엿 한 목판 사줄 만침은 받을께시더."

사람들이 땅을 치고 허리를 꺾으며 웃었다.

"덴동어매, 파는 김에 내 고쟁이도 좀 팔어주소. 다 떨어져가 너덜너덜하지마는 할마이 냄새 하나는 기가 막히니더."

"내 속고쟁이도 팔아주게. 내 속고쟁이는 마, 노랑 오줌이 쪼매 묻은 정도가 아니라 노랑 오줌으로다가 노랑물을 딜이놨거든. 당나무 위에 척 걸치놓으마 냄새가 비봉산도 훌쩍 타 넘어갈 끼라."

안동댁이 웃는 얼굴로 나무랐다.

"쑵, 그만하게들. 어린 처자들이 흉볼라 그잖나."

귀를 쫑긋하고 있던 처자들이 짐짓 돌아서서 나비를 희롱했다.

크고 작은 웃음소리가 비봉산을 산들산들 흔들었다. 진달래꽃도 온몸을 뒤치며 따라 웃었다. 꾀꼬리 소리가, 얼씨구절씨구 지화자, 추임새라도 넣는 양 절묘하게 끼어들었다.

화전 수다

"꾀꼬리 소리, 참 이뿌다이?"

단양댁이 옆자리에 앉은 청춘과부 달실댁을 돌아보며 말했다.

달실댁은 먼 산에 시선을 못 박은 채, 소리 없이 눈물을 흘리고 있었다. 갸름캉캉한 두 뺨은 눈물로, 홀쭉한 인중은 콧물로 얼룩졌다.

단양댁이 새하얀 명주 손수건을 꺼내어 달실댁의 얼굴을 닦아 주며 물었다.

"에그, 이 사람아. 이 좋은 풍경, 이 좋은 놀음에 무슨 근심이 대단타꼬 낙루 한숨이 그쿠 많은가?"

좌중의 눈길이 두 젊은 색시에게로 쏠렸다. 한껏 꾸민 단양댁 옆에 있어 더욱 꾀죄죄해 뵈는 달실댁이, 고개를 외로 꼬며 쏘아붙였다.

"이내 섧은 심사는 하늘님도 모르고 산신님도 모를 겐데, 팔자 좋은 형님이 어림이나 할니꺼?"

단양댁이 손수건을 쥔 채 무르춤했다.

덥석 무안을 주어놓고는 제풀에 당황한 달실댁이 울음 반, 말 반으로 말꼬를 텄다.

"열네 살에 달실서 순흥으로 꽃가마 타고 시집올 적에는 지도 또한 형님마냥 잘 살고 싶었지요. 이리 그릇될 줄, 꿈엔들 알았을 니꺼?"

달실댁의 눈에 맺힌 둥그런 눈물방울이 문득 희불그레하니 빛 났다.

"청사초롱 불 밝힌 신방에서 귀밑머리 풀그 마주 앉았던 날이 어제 일같이 눈에 선하니더. 그때 서방님이 지 손을 딱 붙잡고는 이래 청을 하디더. 대나무 소나무매이로 첫 다음 변치 말고 살자, 닭 기러기매이로 아들딸 많이 낳고 금실 화락하게 살자, 청실홍실 늘인 정이라꼬 백 년을 기약하고 살자……"

덕산댁이 탄식했다.

"세상에 열세 살밖에 안 먹은 까까머리 학동學童이 어예 그런 소견 있는 말을 다 했을로. 참말 아까븐 사람일세."

안동댁이 손수건으로 코를 팽 풀었다.

"아깝고마고. 인물은 좀 좋았나, 공부는 좀 잘했나. 심성은 또 얼매나 고왔노."

달실댁이 소맷부리로 눈자위를 훔치곤 말을 이었다.

"그런 서방님하고 꼴랑 삼 년 만에 영결종천永訣終天● 할 줄을, 누가 알았을니껴. 서방님 십육 세에 요사하고 지 나이 십칠 세에 청상과부 될 줄을 누가 알았을니껴. 울 어매가 알았을니껴, 중신애비가 알았을니껴. 이 세상이 암만 넓다 캐도 십육 세 요절, 서방님뿐이고 십칠 세 과부, 지뿐이지요.

단양 형님이사 낭군님이 서울 아니라 노서아에 떨어져 산들 뭐 어떻니껴. 마음만 있으마 언제라도 만날 기약이 있잖니껴. 어제는 그리워 울어도 오늘은 또 웃으매 살 수 있잖니껴. 이내 몸은 살아생전에 선풍도골仙風道骨●● 우리 낭군 다시 볼 기약이 없으이……. 애고 답답, 애고 답답……."

달실댁이 주먹을 쥐고 제 앙가슴을 콩콩 찧어댔다.

"내 맘 이쿠 답답한 줄 누가 알아줄니껴? 삼년상 지내고 철궤연한 지 일 년이 다 돼가는데, 어옌 조화로 낭군님은 십육 세 그 풍채로 내 맘에 살아 있는지, 이웃에 사람 지나가도 서방님이 오시는

● 죽어서 영원히 이별함.
●● 신선의 풍채와 도인의 골격이란 뜻으로 남달리 뛰어나고 고아한 풍채를 이르는 말.

가, 새소리만 귀에 들려도 서방님이 말하는가, 그 얼굴 눈에 삼삼, 그 말소리 귀에 쟁쟁, 자나 깨나 죽은 낭군 생각뿐이니더. 그쿠 보고 싶은 님을 살아생전에 다시 볼 기약이 없으이, 사는 기 지옥이고 이승이 지옥이지 지옥이 어데 따로 있을니껴?

잠이나 잘 오믄 꿈에서나 만난다 하지마는 잠이 와야 꿈을 꾸고 꿈을 꿔야 님을 보지요. 간밤에 겨우 꿈을 꿔가 서방님을 잠깐 만나 만단정담萬端情談을 다할라 그랬더이 말 한마디를 채 못했는데 조놈의 꾀꼬리 소리가 내 잠을 깨우잖니껴? 아까 울던 조놈의 새소릴 형님이사 듣고 좋다 그지마는, 내한테는 백년 원수시더. 지가 울고 싶으마 형님 집 영창에서나 울 일이지, 왜 하필 우리 집 영창에서 울어가 내 단잠을 깨꾼단 말이껴?"

"그러게 그놈의 꾀꼬리가 왜 하필 자네 집 영창에서 울어가……."

단양댁이 말장단을 맞추다 중동무이하고는 입술을 잘근잘근 씹었다. 귓불이 빨개져 있었다.

달실댁이 땅이 꺼져라 한숨을 쉬었다.

"마음이 허해가 일나도 못하고 눕도 못하고 이리저리 재던 참에 안동 아지매가 화전 가자꼬 하도 간절히 권을 하시이 심화를 쪼매 풀까 싶어 따라왔지요. 그런데 심화가 풀리지는 안 하고 더 쌓이잖니껴. 촉처감창觸處感愴●이라 그디이, 보느니 족족 눈물이요 듣느니 족족 한숨이니더. 천하 만물이 다 짝이 있다마는 나만 어예 짝이 없는지, 전생에 무슨 죄로 이생에 이래됐는지, 그저 답답꼬 애닯지요. 저 새소리가요. 단양 형님 귀에는 이뿌고 사랑스럽기 들리겠지마는요. 지 귀에는, 우습다, 한심타, 뭘 바래고 사노, 고마 쎄를 깨물고 죽어뿌라, 이래 들리니더……. 또, 저 참꽃 천지삐까리가득한 벌건 산은요. 꼭 청춘과부들 피눈물 토해낸 자국같이 빅는 기 눈 돌리기도 싫으이더……."

덴동어미는 며칠 전, 마루 끝에 일점 달팽이처럼 옹크리고 앉았던 달실댁의 모습을 떠올렸다. 중매쟁이로 보이는 반백의 아낙이 감주를 홀짝거리며 데바삐 입을 놀리고 있었더랬다.

"아레께그저께인가 언뜻 보이, 어데 먼 데서 객이 찾아온 거 같디더."

달실댁의 눈시울에 또다시 붉은 반점 같은 것이 오스스 올라왔다.

"친정서 매파를……."

청풍댁이 혀를 찼다.

● 닥치는 곳마다 슬픈 감정이 듦.

"쯧쯧. 요새는 어예 된 심판(審判)인지, 친정서 먼저 개가를 시겔라 꼬 난리라."

새내댁이 조심스레 말참례를 했다.

"안동 마님매이로 달실 아씨도 양자를 하나 구해다가 그게다 의지하고 사시마 어떠이꺼?"

덕산댁이 콧방귀를 뀌었다.

"병구완에 약시시에 가산(家産) 다 팔아 없애고 다만 홀과부 있는 집에다 어느 일갓집서 천금 같은 아들을 양자 줄라 그겠나."

분위기가 싸늘해졌다. 삼월이가 상단이 귀 가까이 입을 대고 속삭였다.

"어옌 양반이 말본새가 저 모양이로? 밀가리 반 되도 내놓기 싫어가 손을 발발 떨디마는, 말은 요만침도 안 애끼고 덤벙 퍼버뿌네."

상단이 마뜩찮은 눈빛으로 안동댁을 흘겨보며 고개를 끄덕였다.

입술 거스러미를 짓씹다 홱 떼어낸 달실댁이 입을 열었다.

"덕산 아지매 말씸이 맞니더. 낱낱이 옳은 말씸이니더. 입장을 바까놓고 지한테 아들이 열둘 있다 쳐도, 가산 없는 홀과부한테는 안 주지요. 안 주고마고요……. 오죽하마 친정어매가 중매쟁이 손에다가 개가 독촉 편지를 보냈디더. 금수보다도 못한 기 인간세상에 청춘과부라. 금수야 산천초목이 즈그 집이고 어느 뫼 어느 골짝을 굴러댕긴들 누가 뭐라 안 그지마는, 청춘과부야 온 세상이 못 잡아먹어 애달아 그지. 이래도 흉을 하고 저래도 말이 나네.

젊어 수절은 한다 그지마는, 장차 늙은 몸을 어데다 맬길 챔이로. 마침 의성 어느 골에 사는 홀아비가 취처를 할라꼬 자식 없는 홀과부를 구한다 그이, 잔말 말고 그 집으로 개가를 하거라. 세간도 충실하다 그고 아들자식도 많다 그더라. 전실 자식이라도 하늘같이 떠받들다 보믄 늙어가 자식 덕을 볼 게라…….

친정어매도 또한 세상인심을 잘 아시니 개가, 개가, 등쌀을 대이는 게시더. 가자꼬 생각하이 말도 아니지마는 안 가고는 또 어예 살니껴? 모를시더. 어예야 좋을지 모를시더."

단양댁은 박속처럼 흰 이마를 찡그린 채 말이 없고, 늙고 젊은 부녀들은 가야 한다, 가지 말아야 한다, 제각기 핏대들을 세웠다.

뜻밖에 봄이가 눈씨를 잔뜩 키우고 입술을 달싹거렸다. 안동댁은 먹 가는 손짓을 멈추지 않은 채, 봄이의 입술에 눈을 고정시켰다.

봄아, 아가, 무슨 할 말이 있어가 그래 입을 다시노. 니가 부모 없는 설움은 알아도 서방 없는 설움을 알라? 아서라, 말어라, 그 설움 알아 씰 데 없다.

봄이는 오늘밤에라도 기회가 닿으면 달실댁을 찾아가야겠다고 생각했다.

달실 형님, 오늘 이 화전 유객遊客 중에서 형님과 나, 오직 두 사람 눈에만 저 진달래꽃 빛이 낭자한 피울음으로 보이지요. 형님이 개가를 할 수도 없고 안 할 수도 없어 괴로운 것처럼, 저 또한 오라비를 따를 수도 없고 안 따를 수도 없어 괴롭답니다. 우리 함께 죽을까요. 죽으면 편안할 텐데요, 죽으면…….

명호댁이 안동댁을 돌아보았다.

"안동 아지매요. 아지매는 달실댁 처지라 그다 어옐니껴?"

안동댁이 침을 꿀꺽 삼키고는 머뭇머뭇, 입을 떼었다.

"과부 설움은 과부가 안다꼬 내가 저 심사를 쪼매는 알지마는, 나는 하마 죽을 날이 더 가차운 사람이고 달실댁은 안죽 살어갈 날이 창창한 청춘이잖나. 내가 청상과부 됐을 때하고 지금하고는 세월이 천지 차이로 달라져뿌레가……."

안동댁의 귀에, 아이고, 아이고, 처연한 곡소리가 어제 일처럼 선연히 들려왔다. 찔꺽눈을 두어 번 끔벅거리자, 서방님 궤연에 올라 몸부림치는 어린 과부의 모습도 희끄무레 떠올랐다. 수십 년 전 일인데도 문득 기가 막히고 목이 절로 메었다. 얕은 한숨을 거푸 내쉰 뒤에야 비로소 말꼬가 트였다.

"세상이 얼매나 빨리 바뀌는지, 작년 다르고 옴 올해 에 다른 거로,

사십 년 전하고야 비교도 할 수 없지. 그때만 해도 양반의 태를 받은 여자가 감히 재가를 꿈이나 꿨겠나? 오늘 낮에 혼사 치르고 바로 그 밤에 신랑이 죽어도 뽀오얀 소복 입고 평생을 수절해야지, 새 시집을 간다 그러는 거는 친정 부모 얼굴에 똥칠을 하는 셈이라. 재산이 있고 없고는 핑곗거리도 못 됐어. 앉은자리에서 굶어죽더라도 꼬박이 수절을 해야 사람값을 쳐주지 수절을 못하믄 개돼지 취급밖에 못 받았거든."

안동댁은 목수건으로 천천히 마른세수를 하며, 퇴락한 초가 봉당에서 시어머니와 둘이 앉아 밤낮으로 길쌈하고 누에 치던 젊은 날의 기억을 되살렸다. 썩은 이엉에서 걸핏하면 굼벵이나 노래기가 떨어지곤 하던 집이었다. 달랑 나물죽 두 사발, 개다리소반에 얹어놓고 아침 요기를 하는데, 하필 굼벵이가 시어머니 죽사발에 빠진 날도 있었다. 안동댁은 얼른 시어머니와 죽사발을 바꾸어 숟가락으로 굼벵이를 걷어내 마당에 던져버리고는, 그 숟가락 그대로 허겁지겁 죽을 퍼먹었다. 먹어도 먹어도 허기가 지던 스무 살 안팎의 청춘과부 시절이었다.

부르르 몸서리를 친 뒤, 안동댁이 말을 이었다.

"우리 시어매는 길쌈 솜씨가 좋애가 멩지_{명주}를 짜도 제일 고운 열일곱 새를 짜시고 미영베를 짜도 제일 고운 열두 새를 짜있어.

그라이 남보다 곱절 비싼 값에 팔 수 있었제. 나는 길쌈 솜씨는 어매만침 없어도 깡다구가 있어가 일을 많이 하고 빨리빨리 했어. 잠도 쭐아가매 일을 했지. 누에를 치자믄 많이 잘 때는 두세 시간, 보통 때는 한두 시간밖에 못 자거든. 규방 여자가 목돈을 손에 쥘라믄 잠 안 자고 길쌈하고 양잠하는 수밖에는 없었지. 양반이 밥은 안 믹이줘도 양반 꺼풀을 쓴 아낙이 주막을 채리겠나, 도붓장사를 나서겠나. 그저 자나 깨나 길쌈, 양잠, 아이고, 그놈의 길쌈, 양잠, 참 징글맞기도 해댔다. 시어매도 그렇고 나도 그렇고 만고에 손톱 깎을 일이 없었다 그마 말 다했지."

단양댁이 헉, 놀라며 집게손가락을 입술에 얹었다. 앵두 빛깔 입술에 비낀, 은은한 연분홍 손톱이 어여뻤다.

안동댁이 입꼬리에 겉웃음을 걸고 말했다.

"밤낮으로 일을 해대이 손톱 자랄 새도 없었던 게지. 일을 해도 내매이로 그쿠 독하그러 하지는 말애야 돼. 까닥 잘못하마 좋은 날 한번 못 보고 일 구덩이에 빠져 죽어뿌레."

풍산댁이 물었다.

"홍수 아바이는 언제 봤디껴?"

"영주에다 포목점을 열어가 살림을 웬만침 뿔쿤불린 담이지. 달실 새사람 말이 옳애. 친형제 간에도 양자 주는 일이 어데 쉬운가.

없는 집에는 더더구나 안 줄라 그지. 친형제 간도 그런데 일갓집이사 말해 뭐할로? 살림이나 넉넉해야, 양자 주소, 말이라도 꺼내보지. 그래 어예든지 살림을 뿔쿠차, 돈을 모두차_{모으자}, 굳은 맘을 먹고 길쌈, 양잠으로 모둔 씨돈으로다가 영주읍에다 포목점을 냈잖나. 장사가 엄치미 잘된 폭이래. 봄가을로 날 좋을 때는 변소 갈 새도 없었으이. 돈 모둣는 재미에 무르팍 빙신 되는 줄도 모르고 돈을 모돘제. 그래다가 어매가 큰 병에 걸리싰어. 당신 돌아가시기 전에 양자를 들이라꼬 등쌀을 대시더라꼬. 내 생각에도 너무 늦으마 안 될 거 같애가, 저그 안동 깊숙한 데 있는 일갓집서 우리 홍수 아바이를 입후_{入後}해가 왔제."

안동댁의 눈길이 다시금 봄이에게 머물렀다. 봄이는 옷고름을 만지작거리며 먼 산 아지랑이를 바라보고 있었다.

에그 이쁜 거. 어디 한구석, 안 이쁜 데가 있어야지.

"그때쯤에 우리 봄이도 날캉_{나와} 전생에 큰 인연이 있어가 우리 집안에 들왔지. 마침 내가 손님한테 팔 거 다 팔고 찰떡으로다가 요기를 쪼매 할라꼬 길거리에 나갔거든. 근데 이년의 떡장사가 일고여덟 살밖에 안 먹은 얼라 빼마리_뺨를 얼매나 모질시리 홀배던지_{때리던지}. 꿀찐 인절미 한 쪼가리 가마이_{몰래} 먹었다고……. 그 떡장사가 봄이한테는 당숙모 뻘이랬어. 부모 잃은 얼라를 거둬다가 떡장사 허드렛일을 시게면서 한창 크는 얼라를 잘 믹이지를 않으이 얼라가 가마이라도 먹어야지 안 먹고 어예겠노. 내가 이래 보이, 얼라가 입성은 꾸지레해도 귀티가 나더라고. 말은 못 해도 눈빛이 얼매나 또록또록한 기……. 내 딸이 될라 그이 그랬겠지마는 내 눈에는 참 이뻐뵀어. 그래가 좋은 말로 그 떡장사를 타이르고 해가……."

청풍댁이 나섰다.

"그년의 떡장사, 지도 쪼매 암시더. 돈이라 그마 벌벌 떨면서 사람 중한 줄은 요만침도 모르는 인간이잖니껴. 봄이 아씨가 여섯 살 때 열병에 걸맀는 거로 돈이 아까버서 약 한 첩 안 씨고 의원 한 번 안 븨이고 내삐리놨다가 종당에 버버리 벙어리 맨든 년 아닌껴. 도붓장사 댕기매 들어보이, 마님이 봄이 아씨 델꼬 오시니라꼬 그년한테 돈도 엄치미 뜯깄다 그더만요. 찰떡장사가 아니라 사람장사라꼬 입 달린 사람은 다 욕하디더……."

안동댁이, 그런 말은 꺼내지도 말라는 듯, 청풍댁을 향해 눈을 끔적거렸다.

"우리 시어매가 살림 뿔쿤다꼬 평생을 안 잡숫고 안 해 입으시고 그랬는데, 돌아가시기 전에 딱 한 번 호사를 누리싰어. 우리 홍수 어마이한테 큰상 받을 때랬어. 젤 좋은 비단옷을 해 입으시고……."

　단양댁의 눈에 그렁그렁, 눈물이 맺혔다. 큰상 올리고 절할 적에 제 두 손을 부여잡고 하염없이 쓰다듬던 시할머니의 깡마른 얼굴이 떠오른 것이다. 이물스러울 정도로 싯누렇던 눈, 검누렇던 살갗. 손톱이 어땠는지는 생각나지 않으나 가자미 등껍질 같던 손바닥 질감만은 또렷이 기억났다. 시할머니는 손자며느리가 차려주는 밥상을 채 스무 번도 못 받아보고 돌아가셨더랬다.

　단양댁이 또르르 굴러 떨어지는 눈물방울을 손수건으로 닦아내고 코를 풀었다. 안동댁이 그 모양을 곁눈으로 보았다.

　"고향 땅에 집 짓고 전답 마련하고 양자 딜이가 서울 공부 시게고 선녀 같은 며느리에다 이뿐 딸내미꺼정……. 거게다 우리 귀한 홍수꺼정 얻었으이 내가 이 위에 더 바랠 게 뭐가 있을라. 불쌍하신 시어매, 우리 홍수 한번 못 안아보고 가신 기 원통절통할 뿐이지. 내가 인자 다 늙어 검은머리 하나 없는 백발에 관절이 몽창 망가져가 앉은뱅이 신세로 살고 있지마는 이만하면 말년 복은 있는 셈이래. 안 글나?"

　좌중이 다 고개를 주억거렸다.

　"그래도 돌아보마 참말, 돌아보기도 싫을 만큼 모진 년의 한평생이래. 하늘에 해 븨는 날 배곯고 일 구덩이에 뒹굴면서 아등바

등 돈 긁어모둔 기억밖에 없는 인생……. 달실 새사람은 다만 두 해라도 서방님하고 재미지게 살아봤잖나. 나는 그런 것도 없었어. 시집오자마자 병수발 들다가 두 달 만에 과부 됐으이. 벌 받을 말이지마는, 짜드라그렇게 많은 정도 없고 그리운 생각도 없다네."

청풍댁이 말추렴을 들었다.

"정이 들라 그이 정들 새가 있었니껴. 그리워할라 그이 그리워할 건더기가 있니껴."

"그라이 더 불쌍한 인생이지. 아이고, 요즘 세상에는 입이 있은들 훈수를 둘 수가 없네. 내매이로 살라 그나, 내매이로 살지 말라 그나? 나는 시어매라도 있었지마는 달실 새사랑은 혈혈단신, 의지할 데가 아무도 없으이……. 수절한다꼬 나라에서 열녀문을 니리줄내려줄 것도 아니고……."

달실댁이 개가해야 한다고 주장했던 명호댁이 원군을 얻은 것처럼 목소리를 높였다.

"옳으이더. 열녀문 니리줄 나라도 없는 마당에 뭐할라꼬 수절하니껴? 개가를 하는 게 백 번, 천 번, 옳으이더."

그때였다. 덴동어미가 무릎걸음으로 다가가 달실댁의 손을 덥석 잡았다.

"가지 마세이, 달실 아씨요. 제발 적선제발 덕분에 가지 마세이. 가더라도 내 가고 싶을 때 가야지 남이 등 떠민다꼬 떠밀리 가믄 안 되디더. 팔자 한탄이 어예 없을꼬마는 잘 만나도 내 팔자요 못 만나도 내 팔자, 백년해로도 내 팔자요 십칠 세 청상도 다 내 팔자래요. 천하 도망 다 댕기도 팔자 도망은 못 댕기디더. 내 말 한번 들어보세이."

잠시 침묵이 흘렀다.

안동댁이 자세를 고쳐 앉았다.

"그러세. 덴동어미 살아온 이박●, 한번 들어봄세."

늙고 젊은 부녀들이 덴동어미와 달실댁을 둘러싸고 둥그러니 원을 그리며 새로 자리를 잡기 시작했다.

오록댁이 가둘댁의 팔을 잡으며 소곤거렸다.

"덴동어매 살어온 이바구, 어매는 들어봤니껴?"

가둘댁이 답했다.

"편편篇篇이는 들어봤지만 한꾼 한꺼번에는 못 들어봤지."

청풍댁이, 아기에게 젖을 물린 채 꼬박꼬박 졸고 있던 질막댁의 어깨를 흔들었다.

야는 틈만 생기마 자부네 졸고 있네. 밤에는 잠 안 자고 뭣을 하는

....
● '이바구'의 줄임말로 '이야기'의 경상도 사투리.

게로?

"야야, 새아야, 얼라 젖은 그만침 믹있으마 됐으이 고만 일로 오너라. 덴동어매 이박, 듣자."

가둘댁이, 제 며느리 오록댁에게 말하는 품새를 취하면서 청풍댁 고부도 들으라는 듯, 목청을 돋우어 말했다.

"우리사 나고 자란 동네 하나, 시집와 사는 동네 하나, 두 동네를 못 벗어나고 살잖나. 덴동어매는 견문이 넓어가 우리네하고는 많이 다르더라. 이번 참에 제대로 한번 들어봄세."

안동댁이 급히 새 종이를 꺼내 펼치고 붓끝에 먹물을 찍었다.

"야야, 봄아."

앉은걸음으로 다가온 봄이에게 안동댁이 붓을 건넸다.

"니가 붓질이 빠르이 받아 적어라. 그냥 들은 대로 씨마 된다. 나도 저이도 환갑 넘은 노인이 명년 화전 놀음을 어에 기약할라. 고려청자야 고이 모셔두마 지절로 남는 거지마는 이바구라 그러는 거는 안 적어두마 저 아지랑이 맨치로 아물아물 사라져뿌잖나."

봄이가 여러 번 고개를 끄덕였다.

드디어 덴동어미의 입이 열리고, 봄이의 붓이 움직였다.

덴동어미뎐.

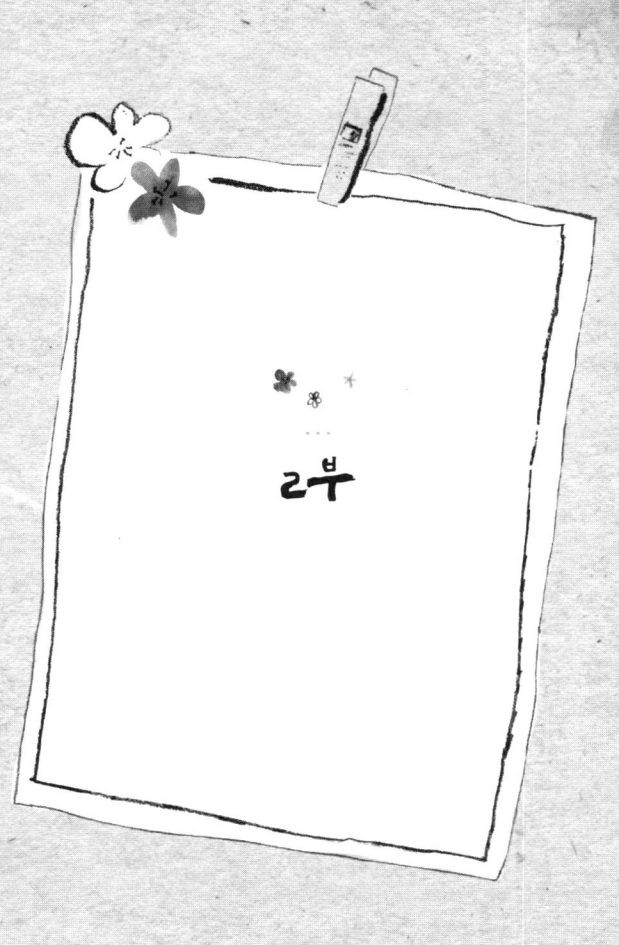

2부

덴동어미뎐

내가 지금은 비록 여자 몸으로 길바닥에서 엿 팔아 호구하는 천덕꾸러기 엿장수이나, 본디는 순흥 읍내 임이방 집 세상없는 외동딸이라. 모친 태몽에 나온 꽃 이름을 따서 클 적에는 연화라 불렸다네. 자정 많은 우리 부모, 남 못 가진 딸자식을 당신네만 가진 것처럼, 연화, 연화, 우리 연화, 옥으로 깎았나 금물로 빚었나, 불면 날아갈세라 쥐면 꺼질세라, 어리장고리장® 같은 사랑 다 주셨네. 내가 잠버릇 나빠 방바닥에선 자질 않으니 모친과 유모가 겨끔내기로 서로 번갈아 업어 재우시고, 사시사철 갖은 박산에 약과, 매자과, 타래과, 만두과, 하얀 감주, 붉은 식혜, 떨어지는 날 없었네.

● 아이의 어리광을 다 받아주는 모양.

풀솜에 싸 기른 귀한 아기가 대개 그렇듯, 나 또한 잔망스럽고 병치레가 잦아 부모 애간장 엄청 녹였다네. 내가 밥을 비상 보듯 싫어하니, 허구한 날, 어머니는 밥주발, 유모는 감주대접 들고 내 뒤를 쫓아다녔네.

"아가, 아아아, 해봐라. 아아아, 딱 한 숟가락만 먹어봐라, 응?"

내가 도리도리 도리질하면 이번엔 유모가 다가가네.

"애기씨요. 밥 싫으마 감주 드릴까? 감주 싫으마 약과 드릴까?"

내가 더 세차게 도리질하다 그예 울음을 터뜨리면 두 여인, 애련하고 안타까워 일촌간장이 봄눈 슬 듯하네.

"큰일일세, 큰일이야. 얼라가 밥을 되그로 알맞게 먹어야 도담도담 잘 클 낀데, 저쿠 안 머이 어예마 좋을로?"

"마님요. 저 아래 천서방네 얼라가 그래 밥을 잘 먹는다니더. 우리 애기씨하고 똑같이 세 살이라도 어른 두 모가치를 먹을라꼬 나댄다니더. 옛날부터 밥 안 먹는 얼라는 밥 잘 먹는 얼라하고 붙여놓고 밥을 믹있잖니껴. 천서방네는 얼라도 여럿이고 밥이 모자래가 그 얼라를 양껏 못 믹이는 기 철천지한이라 그이, 밥 때마다 그 아를 데리다가 울 애기씨하고 같이 믹이마……."

모친이 망설이는 사이, 딸아기가 눈에 밟혀 안채에 들어온 부친이 말을 받아채네.

"그거 좋겠다. 당장 오늘 저녁부터 그 아를 델꼬 와보래."

과연 천서방네 아이, 식성이 놀라워 저 옛날 청석골 대장 임꺽정이 살아온 듯하니, 나도 문득 새암을 내며 밥을 먹기 시작했다네. 밥을 잘 먹으니 잘 뛰어놀지, 잘 뛰어노니 자연 잠을 잘 자지, 그러구러 몸도 실해져 어여쁜 큰아기로 자라났네.

나든다, 나든다, 중매꾼들이 나든다. 문지방이 닳도록 나든다.

물정 어둔 우리 부모, 안고수비眼高手卑●도 분수가 있지, 내 처지는 생각 않으시고 눈이 높다 못해 하늘을 찌를 기세라. 무시로 사윗감을 불러 친견하고 중매꾼을 면박 주더라.

어느 날은, 이마가 조븟한 성싶지만 다른 데는 흠이 없는 미남자를 선보네.

"사내는 이마빼기가 만판●● 널찍해야지, 세상에 이마빼기가 저쿠 좁아 터져가 뭣에 씰로? 관상이 족제비 상이래가 마 파이다."

"영감 말이 맞소."

다른 일에는 토닥토닥 다투기도 잘하던 내외가 딸아이 짝 맞추

● 눈은 높으나 솜씨는 서투르다는 뜻으로, 이상만 높고 실천이 따르지 못함.
●● 마음껏 넉넉하고 흐뭇하게.

는 일에서만큼은 짝짜꿍이 척척 맞더라.

어느 날은, 다 좋고 이마까지 널찍한, 근동의 아전 집 신랑감이 찾아왔네.

"그래, 자네 부친 병환은 어예 차도가 있으신가?"

신랑감이 널찍한 이마에 흐르는 땀을 소맷부리로 닦아내며 공손히 답하더라.

"산삼을 한 뿌리 구하시가 잡숫고부터 쪼매 차도가 있는 줄로 아니더."

모친이 별안간 부채질을 하며 사윗감을 외면하니, 부친이 아연한 눈빛으로 모친을 바라보네. 모친이 부채로 얼굴을 가리고는 입김 부는 소리로 소곤거리더라.

"음성이 내시 같아서 파이시더."

부친이 고개를 끄덕끄덕한다.

"듣고 보이 글네."

요 신랑은 귀가 짝귀라 싫고 조 신랑은 눈이 뱀눈이라 싫다, 하고많은 신랑감이 이래서 싫고 저래서 싫다네. 중매쟁이들도 임이방 내외라면 혀를 내두르더라.

"그 집은 명 짧은 내력이라 싫소."

"암만. 명이 길어야지."

하릴없이 돌아간 중매쟁이가 이번에는 명이 무지 긴 집안 자제를 주선해왔네. 부친이 손사래를 치더라.

"그 집안 웃대 조상 중에 사람 때려 죽이기를 예사로 하고 남의 재산을 빼뜯어 빼앗아 지 모가치로 챙긴 사람이 있어가……."

중매쟁이가 펄쩍 뛰네.

"아이고 나으리, 하마 언제 돌아가신 분 얘긴껴? 반백 년도 넘었니더. 지금 어른들은 다 인품이 좋으이더."

듣고 있던 모친, 영감 역성을 들더라.

"애먼 후손들이 조상이 저지른 악행을 갚아야 하는 수도 있다 그더더. 조상 덕을 봐도 모지랠 참에……."

다른 중매쟁이가 왔네. 이번에는 모친이 먼저 반대하네.

"그 집은 사내들이 기집질하는 내력이라 싫소."

중매쟁이가 천길만길 뛰네.

"하이고 마님요. 원체 돈이 많고 권세가 대단하이 기집질도 하지요. 영웅은 호색이라 안 그니껴?"

부친이 혀를 차네.

"쯧쯧. 돈 많으마 뭐하고 권세가 대단하이 뭐하노. 마음이 편해야지. 나도 오입쟁이 사우 사위는 파이요."

뿔난 중매쟁이, 대문 나서며 맹세하네.

"에라이, 내가 이 집에 다시 나들마 성을 간다, 성을 갈아."

열네 살에 예천 읍내 장이방 집 맏아들과 정혼하고 열다섯에 혼례를 치렀네. 우리 부모님, 그제야 흡족해하며 말씀하시기를,

"사돈 내외 인덕 있지, 가세 웅장하지, 신랑 인물 준수하지. 옛날부터 물 좋고 정자 좋은 데 없다 그지마는 우리 사우를 보마 물도 좋고 정자도 좋애. 어느 한구석 흠잡을 데가 없다 그이. 인자사 이제야 마음에 들고 눈에 차는 사우 자리를 얻었으이, 참말 적승●의 인연은 따로 있는 게래."

그런 혼인이었으니 잔칫날이 얼마나 흥성했을까. 사람도 많고 인심도 후했다네. 삼동네 거지들이 다 와서 배를 두드리며 먹었다지. 입 달린 사람들은 모두 부러워하는 혼사였네.

"신랑도 훤하고 색시도 참하고……. 참말 선남선녀일세."

"맞다. 월하노인●●이 안 자불었다마는."

"안 자불다마다. 아주 눈을 똑바로 뜨고 붉은 실로 꽁꽁 붙들어 맺다마는."

● 赤繩, 인연을 맺는 붉은 끈 또는 부부의 인연.
●● 부부의 인연을 맺어준다는 전설상의 늙은이. 중국 당나라의 위고(韋固)가 달밤에 어떤 노인을 만나 장래의 아내에 대한 예언을 들었다는 데서 유래함.

사람들이 그리 입방아를 찧어대니 나도 궁금해서 못 참겠더라. 아래윗시울 꿀 발라 붙여놓은 눈을 억지로 떠 신랑을 몰래 살피니 상호 풍후하고 골격 늠름한지라. 사모하는 마음, 절로 우러나데. 신랑도 첫눈에 내가 맘에 찼어.

　동방화촉 신방에서 밤낮으로 깨가 찰찰 쏟아졌지.

　　이때에 덴동어미가 저를 보고 말했습니다.

　　"봄이 아씨는 잘 모를 게라. 신랑각시가 서로 좋아 그마, 하룻밤에도 깨가 서 말씩 쏟아지니데이."

　　어머님께서 퇴박하셨습니다.

　　"얼라한테 못하는 말이 없네. 하던 이박이나 계속하게."

　　"저으게 옥성 어데서 배운 노래 한 자락 먼저 부르고 합시더."

　　여러 부녀들이 손뼉을 쳤습니다.

　　"노래하소. 노래하소. 급할 일이 뭐 있는가. 해 떨어질라만 차리(한참) 멀었소."

　　덴동어미가 목을 빼며 손바닥으로 제 무르팍을 탁 치자, 향란이가 장구 장단을 넣었습니다.

어화둥둥 내 사랑아

당신과 내가 만날 적에
엘두포장 차일 밑에
서동아부석 갈라나 쓰고
사모관대는 내가 쓰고
쪽도리 행금은 그대 쓰고
학이야 병풍 둘러치고
대추우 갈라놓고
암탉장닭 묶어놓고
절개 있는 청전잎을
백옥접에다가 불을 밝혀
청실홍실을 걸어놓고
소반 우에 정화수로
간수시수를 한 연후에
북향재배하고 날 적에
서부지청에 삼잔 술로
한배일진 하온 후에
백년하고야 배필을 맺고
일락서산에 해가 지니
월출동명에 달 돋는다

분벽사창 저 도방에

산수병풍을 둘러치고

화촉동방 깊은 밤에

원앙아금침 잣비게를

단둘이 비고 누웠으니

남남끼리두 만난 인정이

믿읍고도나 중하더라

부모 인정이 깊다고 해도

이이에서 더하오며

형제간 인정 중타 해도

여어게서 더할소냐

일평생에 길흉지사는

오늘 저녁이 영광일세

장할시구 호히나 범절 예의와 범절

요순시절에 내셨던가

공명시절에 내셨던가

호호지락의 부부지락을

그 뉘라서 금할소냐

어제 저녁엔 초면이더니

오늘 아침은 구면일세

초면 구면 신행 혼행 길에

백년낭군을 따라가니

얼씨구절씨구 좋을시고

호위범절이 장할시고

이리 리리리 리리이 리이

어화둥둥 내 사랑아●

　초례 치르고 내가 친정에서 일 년여 묵히는 동안, 서방님이 얼마나 뻔질나게 들락거리는지 동네 사람들이 흉을 다 보더라. 자정 많은 우리 부모, 사위라고 둘이나 있나, 하나밖에 없는 사위라고 올 때마다 칙사 대접●●, 닭 잡고 떡 치고 감주 하고, 있는 정성 없는 정성 온갖 정성을 다하니, 나도 민망하여 차라리 묵신행●●● 떠날 날을 손꼽았다네.

　마침내 떠날 날이 오니, 신랑 집에서 신랑과 상객들이 오고 가마와 교꾼들이 왔더라. 이불, 의복, 그릇 일습에 문갑, 반닫이장, 사방

● 경상북도 구미시에서 경기민요 〈노랫가락〉의 영향을 받아 형성된 민요.
●● 극진하고 융숭한 대접을 이르는 말.
●●● 경상북도 지역에서 혼인식을 치른 신부가 친정에서 한 해 묵는 혼례 절차.

탁자, 경대, 비녀, 노리개, 쌍가락지, 반짇고리, 놋요강, 놋타구까지 내 혼수 예단이 사치스럽지는 않았어도 갖출 것은 다 갖췄지, 나는 운빈화용雲鬢花容 새각시지, 날 데려가는 서방님은 옥인가랑玉人佳郎 새신랑이지, 어디 한 군데 꿀릴 데가 있었나. 동쪽에 앉은 시아버님, 서쪽에 앉은 시어머님께 네 번 절하고 촌수, 항렬 따라 끝없이 절할 적에, 구경 나온 동네 사람들과 장이방 집 일가친척들이 하나같이 칭찬하고 부러워했네.

시집살이 하여 보니 어렵고도 두려워라. 이러면 맘에 들까, 저러면 좋아할까, 이러면 밉보일세라, 저러면 흉 날세라, 자나 깨나 동동촉촉洞洞燭燭●, 마음 쓰기 힘들더라.

새사람 할 일 중에 제일 중요한 일이 혼정신성昏定晨省●● 때를 맞추는 것인데, 우리 서방님이 유독 아침잠이 많았네. 시부모님께서는 고대하고 기다리시지, 서방님은 안 일어나지, 아침마다 내 속 타는 줄을 누가 알까. 겨우겨우 서방님을 일으켜 세워 세수시키고 옷 입혀 문안인사 올리러가면, 열여섯 새아기가 감히 먼저 입을 뗄 수 있나. 윗목에서 배례하고 고개도 못 쳐들지.

● 공경하고 삼가며 매우 조심스러움.
●● 밤에는 부모의 잠자리를 봐 드리고 이른 아침에는 밤새 안부를 묻는다는 뜻.

"어데 불편하신 데는 없으시껴?"

서방님이 인사 말씀을 올리고 나서야, 나도 모기처럼 작은 소리로 여쭈었네.

"편안히 주무싰니껴?"

시아버님께서 인자하신 표정과 음성으로 말씀하시더라.

"그래. 우리는 다 편타. 새아는 어떻노?"

서방님이 냔딱 대답하네.

"우리사 불편할 게 만고에 있을니껴?"

그 서방님이 다 좋은데 가끔씩 그렇게 초랭이 방정을 떨었어. 경우 바른 시어머님께서 은근히 꾸짖으시더라.

"누가 니한테 묻나? 니도 인자 안사람이 생깄으이 언행에 무게가 있어야지. 니는 니 집인께 불편할 게 만고에 없을따마는 새아는 입장이 다르잖나. 시집살이는 시부모가 암만 잘해줘도 힘들고 어렵은 게래. 그저 지아비가 살뜰히 애끼주만 그 맛에 힘든 것도 잊아뿌고 사는 게지."

서방님은 장손이라고 떠받들리기만 해서 세상천지가 다 제 맘 같은 줄 아는 사람이라. 시어머님 말씀 속에 든 뼈는 조금도 염두에 두지 않고 또 냉큼 말대답을 하더라.

"어매요, 지가 딴 거는 몰라도 안사람 살뜰히 애끼주는 거는 예천 읍내서 제일일 게래요. 심려, 탁 내리놓으소 고마."

시어머님 낯꼴에 노기가 막 피어올라, 내가 시부모님 눈에 띄지 않게 서방님 발가락을 살짝 꼬집었지. 눈치가 없어도 그렇게나 눈치 없는 서방님이 다 있을까.

"아니, 이 사람이? 내가 지금 없는 말을 지어냈나? 어매요, 이 사람이 지금 내 발가락을 꼬집어 뜯었니더."

부끄럽네, 부끄럽네, 새색시가 부끄럽네. 너무 부끄러워 무르팍에 얼굴을 묻었지. 그만 땅속으로 포옥, 꺼져버렸으면 싶더라. 시부모님께서도 하도 어이가 없으니 되레 웃으시더라.

이듬해, 서방님은 조랑말 타고 나는 가마 타고 순흥 친정으로 근친을 갔지. 찰떡 한 말, 유과 한 말 짊어진 상머슴을 앞세우고 소주 한 말, 명태 두 쾌를 진 중머슴을 뒤세웠네. 서방님이 자꾸만 가마 장막을 들추며 나한테 장난을 거니, 머슴들이 눈빛을 주고받으며 웃어댔네. 나도 소리 내어 웃진 못해도 마음속으론 웃었지. 웃고 또 웃었지. 버들개지로 겨드랑을 간질이는 느낌이랄까, 그런 느낌이 내 온몸에 가득했네. 천지신명께 비옵나니, 종생토록 이리 살기를.

반기신다, 반기신다, 자정 많은 우리 부모, 버선발로 뛰어나와

딸, 사위를 반기신다. 씨암탉에 인삼 넣고 하루 밤낮 푹 고은 탕을 먹고, 수리취떡, 망개떡도 배불리 먹었네.

　때마침 오월 오일 단오절이라, 창포물에 머리 감고 뒷마당에 그네 타러 갔네. 삼백 년 묵은 느티나무, 삼백 장● 높은 가지에 매어 놓은 그네였지. 새색시 녹의홍상●● 봄바람에 펄럭펄럭, 무르팍 구부리고 발 한 번 구르니 낙포선녀●●● 승천하고, 무릎 펴고 일어서니 무산선녀●●●● 하강하는 양이라.

　꿈결같이 바라보던 서방님이 다가왔네.

　"나도 한번 타볼라오."

　"단옷날 추천그네은 본시 여자 놀음 아니껴. 대장부가 안사람 따라 그네를 타는 거는 남 보기 쪼매 민망할 성싶으이더."

　"이 사람이 지 혼자 실컷 재미보고 내한테는 하지 말라? 보소. 나는 옛날부터 하고 싶은 거는 죽어도 해야지 안 하고는 못 배기는 사람이라. 우리 어매아배도 날 못 말리는데 임자가 날 어예 말릴라꼬 덤비쌓소, 으이?"

● 丈. 한 자(尺)의 열 배로 약 3미터에 해당함.
●● 연두저고리와 다홍치마.
●●● 복희씨의 딸 복비. 낙수에 익사하여 낙수의 여신이 되었음.
●●●● 중국 전설 속의 아름다운 여인. 초나라 회왕이 꿈속에서 만나 사랑을 나누었다고 함.

"그래도……."

"허허이!"

소맷자락 붙들고 말려봐도 내 힘으론 서방님을 못 당하네.

머리 검은 짐승의 일은 한 치 앞을 모르는 것. 힘차게 발 굴러 날아오를 적에는 구만리장천 비상하는 청룡 같더라마는 삼백 장 위에서 그넷줄 떨어질 적에는 살 맞은 멧돼지 같더라. 그 길로 공중에서 뒤집었다 뒷마당 바윗돌에 정통으로 메박으니 고만에 머리통이 악살박살, 유언 한마디를 얻어듣지 못하였네.

이런 일이 또 있을까.

"어, 어, 어……."

소리를 지르려니 목구멍이 닫히고 달려가려니 오금이 주저앉더라. 정신이 아뜩하여 그 자리에서 기절했네.

서방님은 십육 세 요절, 나는 십칠 세 과부.

아까워라 서방님아, 불쌍해라 내 신세야. 가슴이 꽉 막히고 구곡간장 녹는구나. 날마다 호천통곡, 울다 지쳐 쓰러졌지. 밤낮으로 하 슬피 우니 보는 이마다 따라 우네.

어느 날, 시부모님께서 나를 불러놓고 달래시더라.

"니 한숨 모두마 소소리바람 되겠고 니 눈물 모두마 내성천이

될따마는, 그 한숨과 그 눈물로도 한번 죽은 사람은 다시 살릴 수 없으이, 인자 고만 눈물 닦고 내 말을 들어라. 오늘로 삼년상을 치렀으이 그만하면 죽은 지아비한테 할 도리는 다 했다. 우선은 친정 가서 조섭*을 하다가 흐르는 세월에 팔자를 맽기거라. 피지도 않은 꽃봉오리 같은 니가 어예 햇빛도 이슬도 없는 공방空房에서 한평생을 썩을라 그노? 우리 양주兩主는 그쿠 모진 사람이 못 된다. 긴 말 필요 없다. 가라 글 때 가거라."

그 말씀을 듣고 보니 눈물이 와락, 쏟아지데.

"그리는 못 하니더. 지가 어예……."

아니 가려고 아니 가려고 울머불며 매달려봐도, 시부모님 좋은 말씀으로 거듭 달래시는 것을 어이 끝내 마다하리.

할 수 없어 허락하고 친정이라고 돌아오니 삼백 장이나 높은 나무는 나를 보고 흐느끼는 듯, 십육 세 요절한 님의 넋은 나를 보고 우니는 듯, 답답하고 애달파서 못 살겠네. 보이느니 서방님 눈빛이요, 들리느니 서방님 말소리라. 나무 뒤에서 불쑥 튀어나와 내 눈을 가릴 것 같고 별안간 뻐꾸기 소리를 낼 것 같아, 나도 몰래 미소 지으며 서방님 장난질을 기다리다가는, 문득 깨닫고 울음을 터뜨

---

* 건강이 회복되도록 몸을 보살피고 병을 다스림.

리지. 울고 또 울지. 천지신명께 비옵나니, 하루 빨리 이내 목숨을 거두시길. 밥 못 먹고 울고 잠 못 자고 우니 입안이 먼저 헐고 눈자위가 짓무르더라.

보다 못한 모친께서 한 손으론 내 손을 잡고 한 손으론 내 등을 두드리며 달래시네.

"가야 한다. 가야 하고마고. 젊으나 젊은 것이 아니 가고 어예 살로? 한 번은 그릇되었지마는 두 번이사 그릇될라. 상주 읍내 이상찰● 댁에서 매파를 보내왔다. 시댁 살림 넉넉하고 시부모님 인심 좋고 신랑 인물 출중하이 그만한 혼처도 다시 없을따. 인자 고만 뻗대고 부모 말을 들어라."

부모님께서 그리 등 떠밀고 닦달을 하시니 자식된 도리로 빼도 박도 못했지.

그해 가을에 상주 읍내 누대 아전집 막내아들 이승발●●에게 재취 시집을 갔네. 그이도 첫정 담뿍 든 지어미를 사별하고 많이 외로웠던 사람이라, 외로운 사람끼리 마음 맞춰 잘 살아보자 하

....
● 이방의 다른 이름.
●● *承發*. 지방 관아에서 잡무를 맡아보던 사람.

더라.

그즈음엔 친정집 가세가 많이 기울어 내 혼수는 검박하기 짝이 없었건만, 시집 신방은 보료에 병풍에 비단 바른 의걸이장, 꽃무늬 앞닫이와 윗닫이, 자개 머릿장, 붉은 칠한 빗접, 서탁, 촛대, 향로까지 화려하고 보배로운 가장집물이 그득그득 들어찼더라. 눈이 휘둥그레져 세간 구경을 하는 참에 서방님이 내 약지에다 금가락지를 끼워주고 내 저고리 밑에다 산호 노리개를 채워주네. 서방님 마고자에는 아기 주먹만 한 호박 단추가 달렸더라. 부엌에 가보니 은합에 은수저가 지천이라. 친정집도 예천 시집도 누대 아전을 했지마는 상주 그 집 살림에 비하면 거지 중에 상거지더라.

어디서 잔치가 있다 하면 의복부터 싹 새로 맞추곤 했지. 비단장수를 불러, 공단이야 양단이야 갑사야 은조사야 필필이 꺼내놓게 하고, 청색, 홍색, 오색, 잡색 온갖 색깔을 다 글랐네.

"이만하면 김호방댁 환갑잔치서 흉 안 잡힐 만침은 치레가 될지? 이 사람, 영천댁이, 그 소문 들었어여? 저으게 서울 기방 침모질했다던 수원집이 요새 유행도 잘 알고 유행 맞차가 옷도 잘 져준다꼬 소문이 났어여. 그라이께 자네가 수원집한테 가가이고 우리 식구들 치수 갈차주고 잔치에 안 늦도록 옷을 시게여."

시어머님 말씀에 영천댁이 대답하네.

"근데, 옷만 잘 해 입으마 호방댁에서 흉볼 꺼 같애예……."

"와? 와 흉을 봐여?"

"서울서는 저고리 색깔에 맞차가 갖신을 해 신는답니다. 호방댁 노마님도 유행이라 카마 자다가도 벌떡 일나시는 어른 아닙니꺼. 옷보담도 갖신을 먼저 볼 낍니더."

"그렇대여? 아이고, 그 노인네한테 흉보이마 내가 부애가 나여 못 살아여, 못 살아. 영천댁이, 내일 당장 갖신쟁이, 불러와여."

이런 세상이 다 있었나, 꿈인가 생신가, 하루하루 허방지방 남의 세상 살아가네.

비나이다 비나이다, 천지신명께 비나이다, 우리 부부 진정소원 자식낳이 비나이다.

꼭두새벽에 일어나 정화수 떠놓고 정성으로 비손했지. 큰형님, 작은형님 아롱이다롱이 키우는 아이들이 왜 나한테는 안 생길까. 무자는 칠거지악이라, 나는 시부모님 그림자만 봐도 안절부절못하는데 시부모님께서는 외려 나를 위로하시더라.

"안팎이 다 젊고 무병한데 무슨 근심이 그쿠 많아여? 우리는 안 머라칼 테이 그저 맘 편하이 생각하고 기둘리여."

그 말씀 끝에 더러 한숨 쉬시며,

"손자는 기둘리마 자연 생기날 게지마는, 이포吏逋가 많은 거는 이만저만 낭패가 아니여."

이포가 무엇인가. 들어는 봤지만 무엇인지는 몰랐네.

"여보 서방님, 이포가 대체 뭐이꺼?"

"임자는 몰라도 되여."

몰라도 된다니 그런 줄만 알았지. 육포, 어포 씹을 때면 같은 '포' 자 돌림인지라 이포 걱정도 문득문득 했지만, 흥청망청 살림살이에 도낏자루 썩는 줄 몰랐네. 나중에 보니 이포란 건, 관아에서 아전 노릇 하며 나랏돈을 제 쌈짓돈 쓰듯 썼다는 얘기더라.

개가하고 삼 년이 못다 지났을 때, 읍성 쌓던 조등래가 상주 목사로 도임했네. 눈 속에 불잉걸이 있고 수염이 사방팔방 뻗치는 장비 관상에 한번 호령하면 산천초목이 벌벌 떠는 무서운 수령이라.

추어내네, 추어내네, 조목사가 추어내네. 산더미 같은 장부를 일일이 조사하여 수만 냥 이포를 추어내네. 추문하네, 추문하네, 엄형중벌로 추문하네. 곤장 맞네, 곤장 맞네, 시아버님, 곤장 맞네. 아이고 시아버님요, 곤장에 대갈바가지, 방망이는 살을 찢고 비명소리는 하늘을 찢네.

시아버님 한 분 그리 되니, 온 집안 온 문중이 아지작아지작 부서지더라. 이웃해 살던 오촌 당숙까지 오밤중에 날벼락을 맞네. 방망이 든 군노● 사령 다짜고짜 들이닥쳐 장독대부터 깨부수니 머리 허연 영감이 혼이 빠져 주저앉네.

"부, 불각 중에 이, 이기 다 무슨 일이여?"

안면 있는 사령이 한껏 봐주는 것처럼 나서네.

"무슨 일이고 자시고 간에, 있는 돈 없는 돈 다 끌어모다가 이상찰이 해먹은 공금을 갚아여. 족징族徵하라는 엄명이여."

"아이구, 이상찰이 지 혼자 해먹은 것도 아니고 이전 수령들이 하도 등쌀을 대이 그래 된 긴데……. 그라고 이이방이 써부랜 공금을 내가 왜 갚아여?"

"이 사람아, 다 아는 처지에 우리라고 이런 짓을 하고 싶어 할라여? 이번 수령이 보통 독한 분이 아니라. 족징으로라도 빨리 안 갚으마 이이방은 맞아죽을 끼라여. 언제라도 족징을 안 당할 수는 없으이께네 이래도 내고 저래도 낼 거, 맞고 낼껴, 안 맞고 낼껴? 안 맞고 내는 기, 서로가 좋아여."

사태가 이 지경이니, 어느 친척이 좋다 하며 어느 일가가 좋다 하리.

....
● 군아에 소속되어 군관을 보좌하던 사내종. 오늘날의 군무원.

남녘 밭, 북녘 논, 좋은 땅이란 땅은 추풍낙엽처럼 떨어져나가고, 안팎 줄행랑 큰 기와집도 하루아침에 남의 집 됐네. 돼지, 황소, 말, 나귀, 큰 양푼, 작은 양푼, 세숫대야, 큰 솥, 작은 솥, 가마솥, 놋주걱, 술구기, 놋쟁반에 옥식기, 놋주발, 실굽달이, 사다리, 옷걸이, 큰 병풍, 작은 병풍, 산수병풍, 자개함롱 반닫이에 무쇠독, 아리쇠받침, 쌍룡 그린 빗접고비, 걸쇠등잔 놋등잔에 백통재판, 청동화로, 요강, 타구, 재떨이, 용도머리에 장목비까지 붙여서 아주 홀랑 다 팔아도 수천 냥이 모자라. 이전 수령들이 챙겨간 돈까지 한몫에 뒤집어썼으니 모자랄 수밖에 없지.

　나머지는 일가친척에 족징하니, 살림살이 구모에 따라 개중 많이 내는 이가 삼백 냥, 이백 냥이요, 일백 냥 내는 이가 대다수에 쉰 냥이 젤 적었지. 그러구러 사오만 냥을 딸딸 긁어모아 공채公債 필납必納을 하고 나니 시아버님은 매 맞은 상처가 덧쳐 석 달 만에 돌아가시고, 큰아들, 작은아들 내외는 빼돌린 패물 챙겨 야반도주하고, 시어머님 화병 나서 아버님 졸곡卒哭 마치자마자 돌아가시고, 근 스무 명 남노여비男奴女婢 시실새실 다 ㄴ가고, 다만 우리 내외 남았더라.

　새 주인의 이삿짐이 들이닥치니 우리 내외, 하릴없이 쫓겨났지. 길이야 동서남북으로 나 있건만 우리 내외, 갈 길이 없네.

남의 건넌방이라도 빌려 살림을 살아볼까 하나, 콩이나 팥이나 양식이 있나, 솥이 있나, 바가지 그릇이 있나. 개가한 지 삼 년이 못 돼 그리 홀딱 망해버려, 부러진 숟가락 하나 못 챙기고 우리 내외 몸뚱이만 덜렁 남았으니, 누가 있어 날 보고 돈을 줄 텐가. 무얼 어찌해볼 요량이 다시없어라.

이때에 오록댁이 답답한 듯 마른 입을 다시며 말했습니다.
"친정 놔뚜고 뭣에 씰로? 친정에라도 가지!"
가둘댁이 오록댁에게 핀잔을 주었습니다.
"이 사람아, 시집이 토역討逆을 당하기나 족징을 당할 때는 철두철미 출가외인이 되는 기 손톱만침이라도 친정을 돕는 길이네."
덕고개댁이 이가 거의 남지 않은 합죽한 입을 열었습니다.
"가둘댁 말이 백 번 옳으이. 까딱 잘못하마 친정꺼정 홀딱 망굴 판인데 친정을 어예 갈로? 전생에 죄가 많아 여자 몸으로 태이나가 날 때버텀 부모 실망을 시겠으마 됐지. 그뿐이랴? 커서는 시집간다고 생이별을 하이, 그 또한 부모 못할 짓을 시게는 셈이라. 반포지효反哺之孝라 그는 말이 있잖나. 한낱 미물 까마구도 먹이를 씹어믹이가미 늙은 부모 봉양을 한다 그는데, 우리네 신세는 어예 되가주고 낳아준 부모는 못 본 체하고 종신토록 시부모 봉양에 시집 살림 살아주다 시집 귀신 되는 게라. 까마구보다 못한 불효녀가 뭐할라고 시집 재앙을 덮어씌고 친정을 찾아갈로?"

다들 고개를 끄덕거리거나 맞장구를 칩니다.

"맞디더. 맞고마고요."

어머님께서 말씀하셨습니다.

"덴동어매는 하던 이박, 계속하게."

하루 이틀 굶고 보니 생목숨 끊기도 어려워서 이 집에 가 밥을 빌고 저 집에 가 장을 빌어 아무 데서나 엎어져 자며 그렁저렁 연명하네. 오늘은 뉘 집을 가고 내일은 뉘 집을 갈꼬.

일가친척은 나을까 하고 일갓집을 찾아갔지. 처음에야 땡감 씹은 낯빛이나마 군말 없이 받아주더라. 허나 두 번째는 눈치를 주고 세 번째는 싫은 소리를 하네. 네 번째는 단칼에 퇴박을 놓데.

"거참, 암만 염치하고 담을 쌓았다 그래도, 낯짝이 이쿠 두꺼블 줄은 몰랐네. 즈그 집 포흠● 때문에 온 일갓집을 족징을 시게고 그만침 고생시겠으마 부끄러버가도 못 오겠다마는, 한두 번도 아니고 언제까지 올 챔이여? 우리 식구 먹고살기도 버거버 죽겠다

● 관청의 물건을 사사로이 써버림.

마는."

쥐구멍에라도 숨고 싶을 뿐, 지은 죄가 있으니 원망도 못하지.

"일갓집에는 인자 차마 못 가겠으이 곽서방네나 가보까."

"일갓집도 싫다 그는데, 그 집인들 반가버할니껴?"

"일갓집이야 족징으로 경을 쳤으이 그런 기고……. 곽서방 그 사람은 우리 집 덕을 많이 봤소. 우리 집 덕에 옥살이도 면하고 살림도 엄치미 뿔캤으이, 반가버사 않겠지마는 그쿠 박대하지도 않으리다."

곽서방네를 찾아갔네. 다리 부러진 소반도 없이 이 빠진 바가지에다 깡보리밥 한 덩이 담아 내주데. 그것도 고맙다고 마파람에 게 눈 감추듯 나눠먹었지. 잠은 어찌 잘까 하고 눈치를 보니 문살 부서진 구석방에 거적 이불을 넣어주더라.

"대접이 쪼매 홀하다마는……."

"이거라도 감지덕지니더."

"그라마 이 집에라도 의탁해가……."

"그라시더. 그라시더. 이 집에 의탁해가 후일을 도모하시더. 우리 집 덕을 그만침 봤다 그이, 혹시 아니껴? 지금은 남의 이목 때문에 이래 홀해도, 내년쯤 남몰래 장사 밑천이라도 대줄지……."

"하기는."

내외가 그리 의논하고 마음을 푹 놓았더니, 웬걸, 떡 줄 사람은 꿈도 안 꾸는데 김칫국부터 마신 격이라. 시아버님 덕으로 치부했다는 그 곽서방, 세 번도 아니고 두 번 만에 안면박대 바로 하데.

"허허 이 사람 쫌 보래. 내가 신세를 졌으마 자네 선친한테 졌지 자네한테 졌어여? 자네가 내한테 무슨 덕을 그쿠 많이 보였다꼬 어제 오고 오늘 또 와여? 내 오늘은 기양 받아주지마는 요 다음부터는 삽짝 사립문 안에 못 들어오그러 할 챔이여."

우리 서방님 울컥하여 당신 설움을 못 이기네. 문간방 거적 위를 뒹굴며 땅을 치고 가슴을 치더라. 겁이 덜컥 나서 내 온 힘을 다해 서방님을 붙들고 울며 달래기를,

"서방님, 이래다가 홧병 나니더. 우지 마소. 우지 마소. 우지 마고 우리 내외, 어데 먼 데로 떠나시더. 이게 다 없는 탓 아닌껴? 어디로 가든지 가시더. 아무도 모르는 데로 가서 돈 한번 벌어보시더."

서방님 겨우 잠들고 내 마음 하 울적하여 달님 보러 우물가에 나섰더니, 마실 온 동네 사람들 쑥덕공론 소리가 들리더라.

"망할라이 한순간이네. 누대 아전 이상찰네 집안이 저래 폭삭 망할 줄 세상에 누가 알았어여?"

"메누리를 잘못 들라가 그래여."

"암만. 간신 하나가 나라를 망긋듯이 계집 하나가 집안을 망구

• 113 •

아여."

"십대 청상은 다리 밑에 놔둬도 주워가는 사람이 없다 카잖아여? 오죽 재수 없고 팔자가 더럽으마 십대에 서방을 잡아먹노 그 말이래여."

"이상찰은 뭐할라꼬 그런 재수 없는 헌 계집을 메누리로 들랐을꼬. 좋은 처자를 얼매든지 구할 수 있는 집에서……."

"내 말이 그 말이여. 첫 서방은 일 년 만에 잡아먹었다 그더마는 이번 서방은 또 얼마 만에 잡아먹을까?"

무서워라. 그 사람들 말 들으니 온몸이 다 아프데. 독 묻은 바늘에 천만 번을 찔린들 그보다 더 아플까.

어머님께서 혀를 차며 공감하셨습니다.

"쯧쯧. 독사보다 독한 기 독언이라. 나도 청상과부래 놓으이, 그런 모질고 독한 말, 숱해 들어봤지. 아픈 거로 치마, 막대기로 뚜디리 맞는 기 차라리 낫을 게라. 세 치밖에 안 되는 쎄가 사람을 뚜디리 잡는다 그이……."

어머님께서 긴 한숨을 쉬시며 좌중을 둘러보셨습니다.

"이 사람들아, 내 말 듣소. 사람이 살아봤자 한 오백 년을 사는가? 겨우 백 년을 못 사는 인생, 말로 적선積善은 못 할 망정 적악積惡을 할 일이 뭐가 있는가? 안 그래도 아픈 사람 더 아프게는 하지 마고 안 그래도 힘든 사람 더 힘들게는 하지 마고 사세이."

사람들이 다 고개를 주억거렸습니다.

덕고개댁이 말했습니다.

"구업口業이 독하기로 치마 누구누구 그래싸도 작년 가실에 죽은, 새내댁이 시어매만 할라고. 새내댁이, 안 글나?"

새내댁은 그저 웃기만 합니다. 청풍댁이 대신 답합니다.

"나도 당해봐가 안다. 그 할마시 쎄가 얼매나 걸던지, 고구마를 숭갔으마(심었으면) 그 쎗바닥에서만 열두 자루를 캐고도 남을따."

다들, 맞다, 맞다, 맞장구를 칩니다.

하지만 어머님, 새내댁네 시어머니만 그런 사람일까요?

아닙니다. 새내댁네 시어머니를 흉보는 저 사람들 역시나 기회만 생기면 얼마든지 악한 언사로 사람을 죽입니다. 제 부모님이 돌아가셨을 때도 그랬습니다. 저는 너무 슬퍼 울고 또 울다가 나중에는 소리도 나지 않는 울음을 꺽꺽 울며 서 있는데, 사람들이 손가락질하고 입을 삐쭉거리며 독언을 퍼부었습니다.

부모 잡아먹은 가시내!

집안 말아먹은 년!

이 세상에 나지 말았어야 할 년이 생겨나가지고 제 부모 홀랑 잡아먹고 집안 말아먹고……. 재수 없는 년!

크면 서방 열두 번 잡아먹을 년! 차라리 일찌감치 뒈지거라.

어머님께서 말씀하셨습니다.

"말은 하는 사람도 가려 해야 되지마는 듣는 사람도 가려들어야 돼. 사람 입에서 나오는 말이라고 다 사람 말이 아니래. 틀린 말, 못된 말, 더러븐 말, 독한 말이 얼매나 많다고. 그런데 그 말들을 다 내 한 몸에 받어 안고 일일이 아퍼할라 그래보지? 멀쩡한 사람도 병 걸리고 살 목숨도 지레 죽네."

어머님의 눈길이 새내댁을 향하였습니다.

"우리 새내댁이 쫌 보래. 시어매가 무슨 험한 말을 퍼부어싸도 기양 한 귀로 듣고 한 귀로 흘리뿟으이 저래 온전하지, 그 말들을 다 새겨들었으마 시어매보다 먼저 황천黃泉 사람 됐을따."

청풍댁이 물었습니다.

"그래가 새내댁이를 그쿠 이뻐 그시니껴?"

"암. 새내댁이가 오장육부 중에 뭐 한 개가 모자래는 사람이래가 시어매 말을 한 귀로 듣고 한 귀로 흘렸겠나? 마음 바탕이 딴딴하고 도량이 넓어 그런 게지. 되로 받으마 말로 주고 싶은 기 보통 사람 마음인데, 새내댁이는 보통 사람이 아니래."

"보통 사람 아니고 어옌 사람이니껴?"

"신통한 사람이지."

새내댁이 웃고 어머님도 웃으셨습니다.

"덴동어매는 하던 이박, 계속하게."

날 점점 추워지니 발길이 제풀에 남쪽을 향하더라.

빌어먹네, 빌어먹네, 엎어지고 넘어지며 빌어먹네. 사나운 개한테 쫓기고 못된 아이들 돌팔매에 울며 빌어먹네. 동냥은 아니 주고 쪽박만 깨는 인심에 울며불며 빌어먹네.

그래 빌어먹다 어느 널찍한 읍내로 들어가니 네거리 가운데에 큰 여각旅閣●이 있더라. 사방팔방 오가고 나드는 손으로 분주하기 짝이 없어.

"지나가는 걸뱅이시더. 제발 적선 밥 좀 주소."

내외가 힘을 합쳐 목청껏 불러봐도, 손님 수발에 부엌 단속에 정신없는 주인마누라, 입 열어 대꾸할 틈도 없더라. 그래 얼른 부엌으로 들이달아 산더미 같은 설거지거리부터 말끔히 해치웠지. 서방님도 상을 정리하고 마루를 닦더라.

● 조선 후기에 연안 포구에서 상인들의 숙박, 화물의 보관, 위탁 판매, 운송 따위를 맡아보던 상업 시설.

지나가는 머슴아이한테 슬쩍 물었지.

"여게가 어디요?"

"경주요."

"주인이 누구요?"

"손씨 군노요."

그렁저렁 끼니때가 지나니 그제야 한숨 돌린 안주인이 대궁밥●을 한 바가지, 긁어모아 주면서 말하기를,

"국솥에 남은 된장국도 물 만침 퍼 묵고 손님상에 남은 반찬도 싹싹 해치우게."

아이고 이게 웬 밥이냐, 엊그제 개떡 한 장 빌어먹고 그저께 감자 한 알 얻어먹고 어제는 물배만 채웠더니, 이게 며칠 만에 보는 밥이냐. 서방님과 둘러앉아 아귀아귀 실컷 먹고 아궁이 옆에서나 자려 하니, 인심 후한 주인마누라가 손사래를 치네.

"거게서 우째 잘라 카노? 방에 들어와 자고 가게."

서방님이 머뭇거리다 내 허리춤을 찌르더라.

"얼른 들어가소. 나는 여게서 잘 테이."

나 혼자 주춤주춤 마루에 오르니, 안주인이 중노미●● 불러 당

● 먹다가 그릇에 남긴 밥.
●● 음식점, 여관 따위에서 허드렛일을 하는 남자.

부하네.

"아까 그 사람 봉놋방에 데려다주고 거게서 자라 이르게."

상주서 경주까지 유리걸식● 다녀봐도 이리 좋은 사람 만나기 쉽지 않아, 내가 두 번 세 번 거푸 절하고 치사하니 주인마누라가 가엾어 하며 나를 곁에 앉히고 말하기를,

"자네네 신랑각시는 암만 봐도, 본데 걸뱅이질 할 사람이 아닌 기라. 원래 어데 사람이고 우짜다가 이래 됐노?"

"지는 순흥 사람이고 서방님은 상주 사람이니더. 신명팔자 괴이하고 집안에 재앙이 닥치가 다 없어지고 두 몸땡이만 달랑 살어났지요. 오죽하마 이 타관꺼정 와서 빌어먹을니껴. 그저 죽지 못해 사방팔방 발길 닿는 대로 돌아댕기니더."

겨우 그 얘기만 했는데도 눈물이 비 오듯 흐르더라. 주인마누라, 목에 두른 광목 수건으로 내 눈물을 닦아주고는 내 두 손을 꼭 붙드네.

"울지 마고 내 말 듣게. 자네네 양주 사람됨이 하도 순직해 보이가 하는 말이지, 아무한테나 하는 말이 아니라. 마침 우리 여각에 일손이 필요하네. 자네네 양주가 우리 여각서 안팎 머슴을 살아주

● 정처 없이 떠돌아다니며 빌어먹음.

마 바깥사람은 백오십 냥 주고 자네 품삯은 백 냥을 줌세. 내외 품삯을 합하고 보마 이백오십 냥 아닌가. 신명이사 고될따나 의식衣食이사 무슨 걱정인가. 묵고 입는 데 돈 씰 일이 없으이, 이백오십 냥을 벌이마 이백오십 냥이 모이지. 그거로 밑천 해가 일수놀이를 해보게. 오백 냥 뿔쿠고 천 냥 뿔쿠기 일 같지 않네. 오뉴월 염천에 호박 덩거리덩어리 크는 거하고 똑같애."

귀가 번쩍 뜨였지만, 당장 수락은 못했지.

"지 맘대로 어예 할니껴? 서방님하고 의논해보겠니더."

"그라소."

마음이 급해 봉놋방 문고리를 살짝 두들기니, 서방님이 조심조심 문을 열고는 눈빛으로 어인 일인가 묻데.

입모양과 손짓으로 서방님을 함실아궁이 쪽으로 불러냈지. 뜨뜻한 아궁이 앞에다가 서방님을 앉히고 서방님 소매 부여잡으며 정다이 일러 말하기를,

"주인마누라 하는 말이, 우리가 안팎 머슴을 살어주마 이백오십 냥을 준다니더. 그리하시더. 나는 부엌에미 되고 서방님은 중노미 되어 다섯 해 작정만 하고 보마 한 만 금을 못 벌니껴? 만 냥 돈만 손에 쥐마 그런 대로 고향 가서 이전만치는 못 살아도 남한테 천대는 안 받을시더. 서방님, 부디 허락하시고 우리도 돈 한번 벌

어봅시더."

 서방님이 내 말 듣고 내 뺨에 당신 뺨 비비며 하염없이 눈물 흘리네.

 "여보 임자, 내 말 듣소. 임자는 임상찰의 따님이요 나는 이상찰의 아들이오. 암만 돈이 좋고 신세가 곤궁키로 우리가 군노놈의 머슴을 어예 사오. 내사 그 일은 못하겠소. 발길 닿는 대로 댕기미 빌어먹다가 죽는 기 지성으로 차라리 속 편해여. 군노놈들이 어떤 놈들인 줄 임자가 알기나 아오? 그 밑에서 심부름하다가 한 수만 까딱 잘못해보오. 한 말 욕에 한 가마니 매가 기다릴 게요. 그 욕을 어예 보고 그 매를 어예 맞을라오?"

 나도 울며 말하기를,

 "빌어먹기보다는 나을시더. 사무라운 사나운 개도 무섭고 인심도 무섭니더. 누가 밥을 좋아서 주디껴? 밥은 빌어먹는다 치고 옷은 누한테 빌어 입니껴? 이 옷들 다 닳아 째진 거 안 보이니껴? 소슬한 가을바람에도 추버가 얼어 죽겠는데 인자 한겨울 닥치마 어옐라니껴? 바깥주인은 어떤지 몰라도 안주인은 인심이 좋디더. 그라이 안주인 믿고 한번 일해보시더. 다른 생각 마시고 서방님이 나한테 들려준 옛날 이박을 생각해보오. 궁팔십 강태공도 장장 삼천 날을 낚시질로 소일하다 주 문왕을 만난 후에야 괄자가 풀렸고, 표모

기식 한신이도 남의 가랑이 밑을 기어댕기다 고조를 만난 후에야 한중대장 되었다 그잖았소? 우리도 어예든지 돈을 모다가 고향에 돌아가마 이방을 못 할니껴, 호방을 못 할니껴?"

"내사 죽었음 죽었지 아전질은 안 해여."

서방님 마음이야 내 잘 알지. 말을 하다보니 이방 호방 얘기가 나왔지, 난들 무슨 미련이 남아 이방 호방을 원할까 보냐.

"그 말씀이 옳으이더. 백 번 옳으이더. 작은 집 한 칸하고 논밭 쪼매난 거 구해가 그저 맘 편하이 먹고사시더."

"그러게, 딱 그만침만 살아도 만판 좋을따마는."

그때를 안 놓치고 내가 성화독촉하기를,

"그라이 한번 해보시더. 해보시더, 예에?"

"나는 할라꼬 시작으마 어예도 하지마는 임자는 여인이라……."

"내 염려는 요만침도 하지 마고, 그리하기로 작정함시더."

"……."

묵묵부답을 허락으로 알고 주인마누라한테 달려갔네.

"내일부터 안팎 머슴을 삼시더."

"이왕지 할 챔이마 잘해야 되네. 대충 할 생각이마 시작을 마고."

"원캉 많이 굶고 한뎃잠을 자가 기운이 쪼매 딸릴 게시더. 그래도 몸뗑이 안 애끼고 열심히 할라 그이, 송구시럽지마는 부탁 말씀

하나 올리도 될니껴?"

"말하게."

"서방님한테 돈을 쪼매 쥐이놓으마 신이 나가 일을 더 잘할 거 같으이더. 이백 냥을 먼저 주시고 쉰 냥을랑 냉쥬 주시마 어떨니껴?"

주인마누라, 화통하게 웃으며 그 자리에서 이백 냥을 척 내놓더라.

"일이나 잘하게. 자네 내외 안팎으로 일 잘해가 시월 벌이 잘됐다 카마 쉰 냥에다 쉰 냥 얹어 백 냥을 만들어줄 챔이."

그 다음 날 꼭두새벽부터 머릿수건 둘러쓰고 행주치마 늘어뜨리고 부엌으로 들이달았네. 내가 비록 응석받이 외동딸로 세상물정 모르고 자랐지만, 예천 시집서는 경우 바른 시어머님 밑에서 맵짠 살림을 배웠고 상주 시집서는 들입다 큰살림을 구경했지 않나. 규모가 크거나 작거나 머리를 먼저 쓴 다음에 손을 쓰면 그저 손 닿는 대로 마구 헤집는 것보다야 훨씬 낫지. 사발, 대접, 종지, 접시, 몇 죽 몇 궤 헤아리고 밥솥, 국솥, 술동이, 주전자, 날마다 궁구하며 솜씨 나게 잘도 했지.

서방님은 더 잘하네. 돈 이백 냥 받아놓고 일수월수 급전놀이 제 손으로 서기하여 낭중囊中*에다 간수하고, 석 자 수건 이마에 동이고 마죽 쑤기, 소죽 쑤기, 마당 쓸기, 봉당 쓸기, 상 들이기, 상 내기, 오면가면 거두어 치우기, 평생에 아니 하던 일 눈치 보며 잘도 하네.

봄, 여름, 가을, 겨울, 밤이면 밤마다 등잔불 아래에서 서방님은 장부 정리를 하고 나는 엽전 꾸러미를 셌지. 셈속 밝고 필체 좋은 우리 서방님, 검은 먹, 붉은 먹 써서 장부 정리도 때깔 나게 잘하더라.

"안 갚겠다고 뻗대는 사람은 없으이껴?"

"왜 없어여. 열 사람 중에 한 사람은 배 째라꼬 덤비지."

"그라마 다섯 해 일해갖고는 턱도 없을세?"

"한 이십 년은 더해야 안 될라 싶어여."

"아이고 무셰라. 이십 년이 다 뭐로?"

내가 짐짓 걱정하자 서방님이 빙긋 웃네.

"걱정 마소. 열 사람 중에 아홉 사람은 원금에다가 이자꺼짐 꼬박꼬박 잘 갚아여. 다섯 해꺼정 갈 거 없이 돈 추심을 알뜰히 하마 내년 겨울쯤에는……."

"고향에 갈 수 있단 말인껴?"

● 주머니 속.

서방님이 고개를 끄덕끄덕.

이불을 박차고 일어났네. 마음은 벌써 공중 뛰어 하늘을 나르네.

"하마 만금을 모댔단 말인껴?"

"임자캉 내캉 둘이 땡전 한 푼 안 씨고 모돠가 일수놀이를 했으이……."

"아이고 서방님!"

그때는 참말 기뻐서 울었지. 울다가 웃다가 서방님 품에 안겨 또 울었네.

닥쳤구나, 닥쳤구나, 병술년(1886) 괴질이 닥쳤구나. 경주 읍내 수천 호가 다 죽고서 살아난 이 몇 없다네. 우리 여각도 안팎식구 서른 남짓이 모두 함빡 병들었지. 나도 거지반 죽었다가 사흘 만에 겨우 일어났네.

주인마누라가 미음을 쑤어주며 통곡하데.

"다 죽고 자네캉 내캉 둘만 살았네. 세상 천지간에 이런 일이 또 있으까."

그 말 듣고 정신이 번쩍 들어 옆에 누웠던 서방님을 살펴보니 콧김이 벌써 다 식었어. 서방님 신체 틀어잡고 엎드러지니, 아주 죽은 줄 알았던 서방님이 마지막 인사를 차리데.

"여보. 임자……. 내 먼저 갈 테이……. 임자는 부디 오래 살아……. 만복을 누리소."

"애고애고 어옐꺼나. 불쌍해서 어옐꺼나. 서방님, 우리 서방님, 아주 벌떡 일어나오. 천유여리 타관 객지 다만 내외가 왔다가 나만 하나 여기에 두고 죽는단 말이 웬 말이오. 죽어도 같이 죽고 살아도 같이 살지. 마누라 말 맹신하고 죽도록 일하더이, 옛말 한번 못 해보고 괴질 객사가 웬 말이오. 귀한 몸이 천인賤人 되어 만 금 돈을 벌었더이, 일수월수 장변체계 돈 씬 사람이 다 죽었네. 죽은 낭군이 돈 달랄까, 죽은 사람이 돈을 주나. 돈 낼 놈도 없거니와 돈 받은들 씰 데도 없네.

애고애고 서방님아, 불쌍하고 불쌍하다. 살뜰히도 불쌍하다. 이럴 줄을 짐작했으면 천한 일을 아니하지. 오 년 작정할 적에는 잘 살자고 한 일인데, 울면서 마다할 적에 무슨 똥고집으로 세웠던고. 군노놈의 무지한 욕설은 꿀과 같이 달게 듣고, 아무리 곤란해도 일호를 안 어겼네. 일정지심一定之心 먹은 마음 우리도 한번 잘 살아보자 했더니, 조물이 시기하였나 귀신이 훼방을 났나. 신명도 야속하고 귀신도 야속하다. 전생에 무슨 죄로 이생에 이러한가. 금도 돈도 내사 싫네. 서방님만 일어나오. 애고애고 서방님아, 나를 두고 어예 가오……."

아무리 호천통곡한들 사자는 불가부생이라.

　이때에 어른들은 물론이고 아이들까지 옷소매로 눈물을 닦고 코를 풀었습니다. 달실 형님은 제 낭군이 죽은 것처럼 가슴을 탕탕 치며 꺼이꺼이 울었습니다.
　어머님께서 말씀하시길,
　"말도 말어라, 병술년 괴질. 아이구야, 안죽꺼정 생각만 해도 몸서리증 난다. 끌어 묻어줄 사람 하나 없이 온 식구가 다 죽은 집도 수두룩했지. 순흥에도 괴질로 죽은 사람 시체가 길바닥에 널렸더랬으이. 나도 병술년 괴질에 생때같던 친정 동상 잃고 조카 잃고······. 아이구야, 말도 말아라."
　어머님은 말도 말아라, 말도 말아라, 하셨지만, 여인들이 여기저기서 괴질의 기억을 말로써 되살렸습니다. 듣기만 해도 끔찍한 기억들이었습니다.
　아, 제가 태어나기 전에도 인간 세상에는 재앙과 불행이 차고 넘쳤군요. 제가 태어난 후에도 인간 고해는 변함없지요. 끝없는 괴로움, 끝없는 고통······.
　인간은 왜, 이 고통의 바다에서, 숨이 저절로 끊어지는 그날까지 허우적거려야 할까요?

어머님, 저는 그 이유를 알지 못합니다.

어머님께서 말씀하셨습니다.

"산 사람은 어여든지 사는 게래. 사는 대로 살고 보는 게지, 무슨 뾰족수가 있어 사는 게 아니래. 덴동어매는 하던 이박, 계속하게."

군노놈 소리만 안 했으면 그 여각에서 눌러 살았을 텐데, 그 한마디에 주인마누라가 뿔이 났어.

"군노놈이라이? 놈이라이? 자네 지금 누구한테 놈이라 캤노?"

"노여워 마소. 하도 쎂어 나온 말이시더."

"쎂으나마나, 돌아가신 주인 보고 놈이라이, 말본새가 그기 머꼬? 서방은 자네 서방만 죽었나? 내 서방도 죽었네. 불쌍키는 자네 서방만 불쌍나? 내 서방도 불쌍키는 매일반이지. 부자 소리 한번 들어보겠다꼬 자나 깨나 일밖에 할 줄 모르다가 한 날 한시도 호강살이를 못 해보고 죽어뿐 사람은 안 불쌍나, 으이?

내가 자네를 그래 안 봤디이 겉으로는 굽실거리미 속으로는 욕을 했단 말 아니가. 참말 엠병도 무섭지마는 사람 마음도 무섭네. 지내온 정을 생각해가 자네 서방 장례는 후히 치러줄 테이 장례만 보고 그날로 이 집서 나가소."

할 말이야 많았지만 두말 않고 물러났네. 우리가 본시 누대 아전

집 자손이고 손군노가 욕설뿐만 아니라 까닭 없는 매질도 숱해 했다고 누누이 발명*해본들, 내 처지가 달라지랴, 죽은 영감이 살아오랴. 영감 죽은 집서 더 살 마음도 바이** 없더라.

그래도 그 마누라가 인심 좋고 염치 있는 사람이라 거느렸던 안팎식구 서른 남짓 장례를 다 섭섭잖게 치러줬어. 지금 돌아봐도 참 고마운 사람이라, 어쩌다 생각날 때마다 잘되기를 축원한다네.

그렁저렁 장사 지내고 따라 죽으려고 아무리 애를 써도 생목숨 끊기가 쉽지 않데.

이때에 덕고개댁이 합죽합죽 말했습니다.

"암만. 생목숨 끊기가 쉬우면 나도 애진작에 명국*** 사람 됐을 따…… 우리 영감 젊었을 적에, 어디 가서 그두 메구(여우) 같은 첩사이(첩)를 줏어왔던지 그거한테 빠져가 살림 다 떨어 먹고 날 못살그러 뚜디릴 때, 나도 죽을라고 얼매나 애를 썼다고. 양잿물도 마시볼라 그러고 소(沼)에도 빠져볼라 그러고…… 낙동강이라도 빠져 죽을라고 체매(치마)를 둘러쓰기 열댓 번이랬어. 근데 그기 맘대로 안 되더라고.

....
* 죄나 잘못이 없음을 말하여 밝힘.
** 아주 전혀.
*** 저승.

늙은 부모도 생각나고 어린 새끼들도 생각나고……."

청풍댁이 대구했습니다.

"부모 생각하고 새끼 생각하고 이것저것 생각하마 어예 죽을니껴? 암 생각도 안 들고 애오라지 죽고 싶은 생각밖에 안 들어야만 죽지요."

가둘댁이 거들었습니다.

"생사람이 본정신으로 어예 죽을라? 눈에 뭐가 쓰이야 죽지."

덕산댁도 덧붙였습니다.

"눈에 븨는 기 없으이 죽는 게라."

어머님께서 말씀하셨습니다.

"눈에 뭐가 쓰인단 말도 옳고 눈에 븨는 기 없단 말도 옳애. 시집오기 전에 친정 동네서 낭기나무에다 목을 맨 과수댁을 봤다네. 어예 된 일인고 하마, 드난살던 부잣집서 금반지가 하나 없어진 거로, 죄 없는 과수댁을 몰아세운 게래. 원캉 바질코 부지런하고 악다받은 안달복달하는 아낙이래 놓으이 도둑년 소리 듣고는 고만에 해까닥 눈이 뒤베져뿌렛어. 그저 도둑년 소리만 귀에 쟁쟁하고 억울코 분하단 마음밖에 없으이, 부모도 안 생각나고 새끼도 안 생각난 게지. 아침에 도둑년 소리 듣고 바로 그날 제임점심때 그 아낙이 죽었는데, 하루도 안 지내고 그날 저녁에 그집 얼라 요 밑에서 금반지를 찾았잖나. 닷 살

문 얼라가 즈그 어매 금반지를 갖고 놀다가 떨준 게래. 하루만 참았으마 누명을 벗을 거로, 죽는 기 뭐가 그쿠 급하던가. 이 사람들아, 언제라도 죽을 목숨, 죽을라고 애쓰지들 마소. 죽을 때 되마 안 죽을라고 용을 써도 죽을 챔이."

골내댁의 눈동자가 번들거렸습니다.

"반지를 찾았으이 그런 말씀을 하시지요. 못 찾았으마 어예 될니껴? 맨 도둑년 소리 듣고 손가락질 받다가 종당에는 감옥소에 끌려가든지 반짓값을 물리주든지 해야 일이 해결될 챔이, 사람이 원통해가 숨을 쉴 수나 있을니껴?"

골내댁은 덕산댁네에 드난살이하는 처지이니 그 과수댁 얘기가 남 얘기 같지 않겠지요. 비슷한 일을 당할 뻔했다는 이야기를 들은 듯도 합니다. 덕산댁이 마뜩찮은 눈길로 골내댁을 쏘아보았습니다.

어머님 또한 골내댁을 한참이나 바라보시다 말씀하셨습니다.

"반지를 못 찾았다고 죽는 길밖에 없을라? 동네방네 억울타고 소리도 치고 관아에 읍소도 하고 삼십육계 줄행랑도 놓고 해볼 도리를 다 해본 다음에 죽어도 안 늦을따. 덴동어대는 하던 이박, 계속하게."

보따리 하나 달랑 들고 경주 여각을 나왔네. 세상이 아무리 넓은

들 이 한 몸 갈 데도 없고 오라는 데도 없더라. 억지로는 못 죽으니 빌어서라도 먹어야지 안 먹고 살 수 있나. 이집 가고 저집 가며 또다시 빌어먹네. 예전에도 빌어먹었지만 그때는 둘이 다녔지. 서방 없이 홀몸이라 춥기도 곱절로 춥고 섧기도 곱절로 섧더라.

그때가 초가을이었지. 발길 따라 흘러든 울산 읍내, 남의 집 조촐한 담벼락 아래, 쭈그려 앉아 울었다네. 담 밑에 핀 구절초 몇 송이가 서럽고, 담 위에 드리운 대추나무 영근 대추알이 서럽고, 식구들 무릎 맞대고 둘러앉아 숟가락 부딪치며 밥 먹는 소리가 서럽더라.

어느 집서 던져준 깡그리 말라붙은 보리밥덩어리, 그걸 아침 겸 점심 요기라고 침으로 녹여 삼키자니 저절로 목이 메고 눈물이 앞을 가렸지. 그 눈물 흐르는 대로 놓아두고 소리 죽여 흐느끼는 참에, 한 나그네가 빈 지게를 덜렁거리며 지나가다 말고 되돌아와 묻기를,

"보이소. 나는 여기 울산 사는 황아무개라 카는 사람인데예. 내 평생 댁네 같이 섧기 우는 사람은 첨 보았심더. 와 그러키 서럽십니꺼, 그래?"

"신세가 하도 곤궁하이 마음이 따라 섧소."

"아무리 곤궁키로 내 신세보담 곤궁허까."

황도령이 지게를 내려놓고 내 옆에 털썩 주저앉더니 봇짐에서 주먹밥 두 개를 꺼내 하나를 건네더라.

"잡수이소. 아침에 국밥 두 대지비_{대접}를 말아먹었더이 안죽꺼정 배가 불러가……."

예의염치 따질 것 없이 손이 먼저 나아가터. 말라붙은 보리밥에 비하니 그 주먹밥은 꿀맛이라, 허겁지겁 맛나게 먹으며 황도령 얘기를 들었네. 그이는 처음 보는 사람한테도 언죽번죽 얘기를 잘했지.

"오늘 새북_{새벽}에 말입니더."

주먹밥 얻어먹은 값으로 고개를 끄덕여주었지.

"봉놋방에서 막 일나가 세수하로 나갈라 카는데 주막 담사리가 문을 확 열고 달라드는 기라요. 아재, 아재, 누가 아재 지게를 자빠뜨리가 홀랑 다 깨묵고 감쪽같이 토끼버렸심더. 머라꼬? 바로 어제 스무 냥 어치 사기를 사갖꼬 안죽 닷 냥 어치밖에 못 팔았는데 누가 내 사기를 다 깨 처묵고 토꼈단 말이고? 누고? 어덜로 갔노? 내 당장 쫓아가가 다리몽댕이를 뿔카뿔끼다_{부러뜨려버릴끼다}."

펄쩍펄쩍 뛰자이 주모가 달갭디다. 황도령요, 우리 주막에 나드는 객이 하룻밤에도 삼사십이 훌쩍 넘고 그 사람들이 전국 팔도 길 떫힌 데로는 다 가는데, 어떤 사람이 어떤 길로 갔는지 우째 알고 그 길을 쫓아갈 챔인교? 우짜다가 의심 가는 놈을 잡은들, 그놈이 고이 자백을 하겠는교, 지는 죽어도 안 그랬다꼬 잡아떼겠는교? 그렇다꼬 캄캄한 첫새북에 누가 봤다꼬 증인을 서주겠는교? 사람이 사람한테 찔리 죽는 모양을 봐놓고도예. 행여 지한테 불똥 날러오까봐 고마 모른 체하고 안 나서는 세상입니더. 꼴랑 사기 한 짐 뿌사졌는 거는 더더구나 모른 체하지예. 세상이 그래 무섭고 찹습니더. 관아에 고해본다꼬예? 하이고 마, 뒷돈이 그 사깃값보다 더 드갑니데이.

고마 액땜했다 치고 잊아뿌소. 도령 사기를 내가 깨묵지사 않았지마는 우리 주막에서 일어난 일인께네 내가 방값, 밥값은 안 받을랍니더. 도령요, 그래 펄펄 뛰지 마고 여 앉으소 고마. 내가 국밥 뜨시기 말아드리께, 으이? 주모가 그래 좋은 말로 달래쌓는데 우짜겠습니꺼? 고마 국밥만 두 대지비 퍼묵고 탈탈 털어버렸심더."

"말도 참 재미지게 잘하시니더. 인자 어옐 작정이니껴?"

"빈 지게 덜렁거리미 사기점 찾아가는 길이라예. 외상 사기라도 받어가 팔아야 묵고살지, 가만 앉어 있으마 걸뱅이밖에 더 되겠습니꺼?"

"그런 말씀하시마, 옆에 앉은 걸뱅이, 듣기 쪼매 거북시럽니더. 그라고 걸뱅이 짓을 할라 그래도 가만 앉어 있으마 안 되니더. 쎄가 빠지두룩 돌아댕기야 쉰 밥 한 덩거리라도 얻어먹지요."

"아이고 이거, 초면에 미안시럽네예. 지가 안죽 장개(장가)를 못 가 가 철이 쪼매 덜 들었심더. 이해 쫌 해주이소."

"나이가 엔간히 있어 뵌다마는 어예다가 장개를 못 갔니껴?"

"복이 없어가 그렇지예. 조실부모 천애고아, 망망대해에 한 점 쪽배, 초년 복이 하도 없어놓으이 이 나이 먹을 때꺼짐 홀몸으로 살고 있어예."

"초년 복 개복이시더. 지는 아전집 무남독녀 귀한 자식으로 컸으이 초년 복이사 있는 겔시더마는, 오늘날 이래 천덕꾸러기 걸뱅이로 빌어먹고 살잖니껴?"

황도령이 주먹밥 한 개를 마저 주며 새삼 내 모양을 살피더라.

"그랬구마이. 옷깃만 스치도 인연이라 카이, 내 살아온 이박, 한번 들어볼랍니꺼?"

들어보라니 들어야지. 고개를 끄덕였네.

"우리 집안이 옛날부터 손이 귀했다 카데예. 부친이 오대독신인데 춘추 오십이 넘도록 자식이라꼬는 딸도 하나 안 생기다가 쉰다섯 연세에 나를 보싰으이 내가 육대독자인 기라예. 당연히 장중보옥이나 얻은 거맹키(것처럼) 귀하고 아까버가 바닥에 한번 안 내려놓고 그저 밤낮으로 업고 안고 키우싰다 카데예. 그래다가 닷 살 때

모친 돌아가시뿌고 일곱 살에는 부친꺼정 돌아가시뿌가 외할매 손에 컸심더."

"본가 쪽으로는 가차운㈎까운 일갓집이 없었니껴? 아아, 부친이 오대독신이라 그마 참말 가차운 일가가 없을니더."

"그렇지예."

"외갓집은 살 만했니껴?"

"외할매, 외할배 돌아가시기 전까지는 살 만했지예. 외아재, 외아지매도 다 인정 많고 좋았심더. 외사촌 형제가 서이 있었는데 친형제들매이로 친하기 지냈지예. 그런데 열니 살에 외할매 돌아가시고 열닷 살에 외할배 돌아가시고 삼년 가물㈎뭄에 논밭이 다 타들어가이 외아재, 외아지매가 남의 빚에 몰리다 못해가 밤도망을 가뿌리데예. 삼형제만 데불고예."

"쯧쯧. 얼매나 야속했을꼬."

내가 혀를 차자, 황도령이 손사래를 치더라.

"아니라예. 야속한 거 없었심더. 참말입니더. 한 치 걸러 두 치라 안 캅니꺼? 당신 자식도 아닌 조카를, 십 년 넘게 그만침 잘해 줬이마 됐지예. 거기서 더 바래마 지가 도둑놈입니더."

그 말 듣고 다시 보니, 심성이 참 고운 사람이라는 생각이 들데.

"그래가 혼자 몸으로 어예 살았니껴?"

"천지에 내 몸 하나 의탁할 데가 없으이 우짜겠습니꺼? 이웃에 주선으로 농사를 크게 짓는 집에서 머슴살이를 시작했지예. 여나믄 해 고생을 하이 장개 밑천이사 우째우째 모이더마는, 마 집도 절도 없는 신세 장개만 가마 머하노 싶은 기, 장사를 쪼매 해보까 싶더라꼬예.

그때 마침 서울 장사 많이 남는다 카는 소문이 여게저게서 막 들리는 기라예. 그 길로 세경 받을 거 몽창 다 받어내가 참깨 열 통 무역할라꼬, 대동선*에 부쳐 실꼬 떠났지예. 큰북을 둥둥 울리미 닻 감는 소리가 우찌나 신나던지 그때는 내 인생이 그 북소리같이 풀릴 줄 알았지예. 도사공은 치를 들고 입사공은 춤을 추미 망망대해로 떠나가이, 아이구야, 이런 세상도 있구나 싶은 기……."

그런 얘기를 찬찬히 듣자니 사람이 사뭇 달리 뵈데. 꺼칠한 숯검정 살갗에 잔주름도 자글자글한 얼굴 너머로 뺨이 붉고 눈빛 맑은 청년이 보이는 거라. 큰북 소리도 둥둥, 두둥둥, 들리고 말이지.

"해남 관머리 지내갈 때쯤인 거 같애예. 각주우(갑자기) 큰 바람이 일어나더니 왈칵, 덜컥, 파도가 쳐쌓는데 마, 천둥 끝에 벼락 치는 거는 유도 아닌 기라예. 무섭기도, 무섭기도, 세상에 그런 거는 내

---

* 大同船. 조선시대에 대동법에 따라 거두던 쌀을 운반하던 배.

나고 첨 봤지예. 허연 물기둥이, 마 언뜻 보마 물귀신 같은 그런 기, 산만뎅이같이 치솟았다가 뱃전을 철썩철썩 때리쌓고 하늘은 캄캄, 븨는 기 하나또 없고예. 수천 석 실은 그 큰 배가 회오리바람에 가랑잎 뜨는 거맹키 뱅뱅 돌미 떠니리가이, 그 모양을 머라 카꼬? 말로다가는 설명할 수가 없심더."

"말로 못 전하는 정경이 더러 있디더."

"그렇지예."

"그래 떠니리가다가 어데 섬 같은 데라도 가 닿으마 천만다행일 게시더."

"맞아예. 그런데 일이 안 될라 카이 암초 같은 거를 들이받어버렸다 아닙니꺼."

"아이쿠나."

어디선가 꽝, 소리가 들리는 듯싶더라.

"수천 석 실은 배가 마 쪼가리쪼가리 뿌사져뿌리데예. 수십 명 격군들은 파도머리에 밀리가뿌고. 그때 마침 배 뿌사진 쪼가리 하나가 둥둥 떠가 내 앞으로 오는 기라예. 두 손으로 꽉 붙들고 가슴에다가 붙여놓으이 물을 백 번도 더 토하고 했지마는 그래도 정신이 쪼매 수습되는 기, 안죽꺼정 살기는 살았다 싶우데예.

물기둥이 올라가마 쪼가리를 꽉 붙들고 니리가마 가만있으이 힘이사 많이는 안 들더라마는, 그기 몇 날 며칠이라꼬 기한이 있습니꺼? 기한도 없이 밤인지 낮인지 모르고 기양 떠니리갔지예. 그래 떠니리가다 보마 풍랑 소리는 벼락 같고 물여울은 번개 치는 거 같애예. 밤에는 물귀신 우는 소리꺼정 웅얼웅얼 들리쌓으이 참 기가 맥히고 코가 맥힐 노릇이지예.

그런데 언제 어느 때인지 풍랑 소리가 싹 없어지디이 까마구 소리가 들리는 기라예. 눈에 힘을 바짝 줘가 둘레둘레 살펴봤지예. 세상에 만상에, 저 멀리 허연 백사장이 떠억 눈에 띄는 기라예. 그래 젖 빨어묵던 힘까지 짜내가 두 발로 박차고 손으로 헤엄쳐가 백사장에 가 닿았지예. 엉금엉금 기어 올라가갖꼬는 한나절을 정신 없이 누워 있은 모양이라예. 그카다가 잠이 꺼이, 마 인자는 배가 고파 미치겠데예."

"바다에서 몇 날 며칠을 굶었으이 배가 안 고플 수 있을니껴?"

"그렇지예."

"뭐 요깃거리나 있디껴?"

"낭기도 없고 풀도 없고 해당화만 여게저게 벌거이 폈더라꼬예. 엉금설설 기어가갖꼬는 해당화 꽃 이파리를 막 뜯어가 묵었지예. 빈 뱃속에 그거라도 들어가이, 등허리가 똑바로 픠이고 눈이 또록또록 비데예. 또 그 옆을 살펴보이 지절로 죽은 고기 한 마리가 커다란 기 있더라꼬예. 불이 있어 꾸블_{구울} 수 있나, 솥이 있어 삶을 수 있나, 기양 생걸로 실컷 묵고 나이 본정신이 돌아오데예. 눈물도 울음도 그때사 납디더.

그래 무인절도 백사장에 혼자 앉아 꺼이꺼이 울고 있으이, 웬 사람들이 배를 타고 지내가다가 내 우는 꼴을 보고는 이상타 싶었던 모양이라예. 배를 닿이고 내리가 나를 막 흔들미 뭐라꼬 뭐라꼬 물어쌓는데, 그 사람들 말이 우리네하고는 많이 달러갖꼬예. 첨에는 말로만 듣던 왜나라 땅에 왔나 싶었어예. 그런데 몇 번을 거푸 들으이 무슨 뜻인지 알겠습디더. 우짠 사람이 혼자 우나, 울음 그치고 말을 해라, 말을 해야 도와주지, 뭐 그런 얘기였어예. 그제사 자세히 살피보이까네 여서일곱이가 앉었는데 인상이 다 순하더라꼬예. 옷 입은 모양은 영판 어부고예.

그래 나도 물었지예. 여게가 어뎁니꺼? 제주 한라섬이라 카데예. 자기네는 섬 남쪽에 있는 대정 정의라 카는 데로 고기 잡으러 가다가 내 울음소리를 듣고 따러왔다, 어데 사는 누구인데 무슨 일로 여게 와서 그리 섧기 울어쌓나, 자세히 들어보이 그런 뜻이더라꼬예. 그래 사실대로 대답했지예. 나는 울산 사는 황아무개라 캅니더. 장삿길로 서울 가다 풍파 만나 파선하고 물결에 떠밀리가 죽다 깨난 사람이지예. 근데 제주 한라섬도 조선 땅입니꺼?"

그 말 듣자니 웃음이 나오더라. 제주도에 가본 사람이야 드물어도 그곳이 조선 땅이라는 거야 다들 알지 않나. 친정 부친 갓, 탕건이 모두 제주 것이었고 상주 시집에는 제주산 조랑말도 있었지. 그런 생각하다 문득 깨달았네. 갓, 탕건이 어떻고 조랑말이 저떻고 하는 얘기를 그이는 생전 못 들어봤던 거라. 어릴 적에 부모 잃고 외가에서 자랄 때나 머슴살이 할 적에나 그저 땅이나 파먹고 나무나 하며 살아온 사람 아닌가.

"어부들이 대답을 안 하고 실실 웃더라꼬예. 그래도 개중 제일 나이 많은 사람이 날 불쌍타꼬 생각했던지, 제주 한라섬도 조선 땅 맞다 캄시로 손가락으로 이래저래 방향을 갈차(가르쳐)주데예. 제주 읍내는 저짝이고 대정 정의는 이짝이다 카이, 내가 제주 읍내로 가야 되는지 대정 정의로 가야 되는지 만고에 알 수가 있습니꺼? 그래 또 물어보이, 그 나이 많은 사람이 모래밭에 그림까지 그리가미 일러주더라꼬예. 여게서 제주 읍내를 갈라꼬 치마 사십 리가 넉넉하다, 제주 본관 찾아가가 자네 사정을 발괄하마 우선에 호구도 할끼고 고향 가기도 쉬울끼다. 캄시로 신신당부하고는 주먹밥 몇 덩거리하고 절인 고기하고를 소쿠리에 항그(가득) 담아 갖다주시데예. 그라이 이 세상에는 참 못된 사람도 많지마는 고마븐 사람이 더 많은 기라예. 그 어른이 갈차준 대로 제주 본관을 찾아갔지예. 가보이 본관 사또도 참 좋으신 양반이더라꼬예."

"잘해주디껴?"

"예. 돈 오십 냥을 척 내주시고 전령 한 장을 써주시데예. 포구 근방 여각서 묵고 자고 하면서 왕래선 오기만 기둘렀지예. 석 달 만에 오데예. 사공 불러가 사또님 전령을 주이까네 뱃삯을 안 받고 태워줍디다. 그래 그 배를 얻어 타고 고향이라꼬 돌아오이 주무이에 딱 엽전 두 냥이 남았더라꼬예. 그 길로 사기점에 찾아가가 두 냥 어치 사기를 샀지예. 그거를 밑천으로 촌촌가가村村家家 도부하미 밥일랑은 빌어먹고 서너 달을 하고 나니 돈 열닷 냥이 모입디더."

"많이 모뒀니더. 두 냥으로 시작해가 열닷 냥을 모둘라 그마 그 고생이 오죽했을니껴?"

"말도 못하지예. 그런데 그 열닷 냥어치 사기를 다 깨묵어뿌렀으이⋯⋯. 부자 동네로 가가 고급 물건을 팔마 이문이 더 많이 생긴다 싶어가, 때깔 곱고 잘 빠진 사기로만 골라 샀거든예. 우짜든지 돈 백 냥을 모다가 장개 한번 가보까 싶었디마는⋯⋯."

"어예꼬. 듣는 사람 맘도 애통하이더."

"언제 벌어 장개가꼬, 이래 시원찮기 벌어가주고 삼십 넘은 노총각이 언제 장개 밑천을 모두꼬⋯⋯. 자다 생각해도 답답꼬 애닯지예. 이래다가 종당에는 장개도 못 들고 몽달귀신으로 안 죽겠습니꺼? 그런 생각하마, 가심이 마 꽉, 맥히는 거 같애예."

난들 무슨 할 말이 있겠나. 그저 고개만 주억거렸네.

"이런 사람도 안 죽고 기어이 사는데, 그짝도 너무 섧어 카지 마이소. 울지도 마이소. 그짝이 암만 섧다 캐도 내 설움만은 못할 낍니더. 그런데 그짝은 우짜다가 이래 됐능교?"

남의 얘기를 얻어듣고 내 얘기를 안 할 수는 없어서, 내 살아온 이야기도 자분자분 들려주었지. 그이는 고개를 살짝 갸웃한 채 귀를 기울이며 때때로 말장단도 넣어주더라.

"내가 이래 살아왔니더."

"내 설움이나 그짝 설움이나 도 긴 개 긴이니예."

"그래도 그짝은 사내대장부라 날보담은 쪼매 나을 성싶으이더."

그때, 황도령이 입술을 다시더니 뜻밖의 말을 하더라.

"내 말을 함 들어보이소. 그짝이 겉보매로야 천한 걸뱅이 모양이지마는 그짝 이박을 듣고 다시 보이, 비단결같이 곱고 귀한 본바탕이 눈에 퍼떡 띄이네예. 나도 팔자가 더러버 그렇제, 본판이 흉한 사람은 아닙니더. 한번 생각해보이소. 생판 남남인 사나_{사내}하고 아낙이 이래 오다가다 만내가 살아온 이박 한다는 기 어데 보통 인연이라예? 우리 사정을 따져보마, 나는 삼십 넘은 노총각이고, 그짝은 삼십 넘은 홀과부 아닙니꺼? 노총각 신세도 가련코 홀과부 신세도 가련치예. 그라이 이참에 가련한 사람끼리 마음 맞차가 같이 늙으마 좋겠다 싶습니더마는, 그짝 생각은 어떻습니꺼?"

내가 그말 듣고 곰곰 생각하되, 내 처지가 어떠한가. 이대로 풍찬노숙하다 굶어 죽거나 얼어 죽을 일밖에 안 남았지 않나. 두 번 고쳐 사나운 팔자, 세 번 고치면 나을지도 모르지 않나. 먼저 얻은 두 낭군은 높은 데서 시작해 낮은 데로 떨어졌으니 흥진비래興盡悲來● 이지마는, 이 사람은 낮은 데서 시작하고 죽을 목숨 살아났으니 고진감래苦盡甘來 아니려나. 앞으로 일이십 년 더 고생하더라도 호호백발 영감할미 되어설랑, 아롱이다롱이 손자손녀한테 옛말하며 살게 될지 누가 알랴.

내가 차마 대답 못하고 고개 숙인 채 손톱만 만지작거리자니 황도령이 내 손 위에 제 두툼한 손을 얹고 힘주어 말하더라.

"우리 서로 불쌍키 여기고 애끼가미_{아껴가며} 살아봅시데이."

도부 치네, 도부 치네, 가가호호 도부를 치네.

영감은 사기 한 짐 지고 골목에서 크게 외고 나는 사기 광주리 이고 이집 저집 찾아가네. 조석이면 밥을 빌어 한 그릇 밥을 둘이

● 즐거운 일이 다하면 슬픈 일이 닥쳐온다는 뜻으로, 세상일은 순환되는 것임을 이르는 말.

먹고 남촌북촌을 다니면서 부지런히 도부 치네. 사기 장사는 네 곱 장사라. 고진감래 되새기며 악착같이 돈을 모았네. 만금도 필요 없어, 한 오백 냥만 모으면 어느 깊은 산골짝 버려진 숯막이라도 얻어 정착하려 하나, 오백 냥은커녕 돈 백 냥 겨우 모을 만하면 둘 중에 하나 병이 나네. 병구완 약치레를 하다보면 그 돈 깡그리 다 쓰고도 남의 빚이나 안 내면 다행이라. 다시금 악착같이 모아보아도 돈 백 냥을 모을 새 없이 또 하나가 탈이 나서 한 푼 없이 탕진하네.

그러구러 도붓장사 한 십 년을 하고 나니 짱배기이마에는 털이 없고 모가지는 자라목 되고 팔죽지는 둥구리그루터기 되며 발가락은 무지러지더라. 아이고, 몸서리야, 도붓장사, 몸서리난다.

이때에 도붓장사를 오래 한 소리실댁이 머리털 없는 정수리를 흔들며 신세 한탄을 했습니다.

"말도 말어라, 도붓장사. 눈 있으마 내 짱배기를 함 보소. 도붓장사 이십 년에 남은 거라꼬는 이 매란모양 없는 맨대가리에 궂으나 맑으나 쑤시고 요만침도 못 돌리는 모가지하고 팔죽지뿐이래. 밥이나 잘 먹고 잠이나 잘 잤으마 억울치나 않제. 밥은 누가 공짜로 주마 먹고 안 주마 못 먹고 잠은 남의 정지방을 얻어 자고 정지방도 못 얻어걸리마 정지 아궁이에서 자고 정지 아궁이조차 내 차지가 안 되마 마굿간에다가 짚방석 깔고 마소 옆에서 자면서 악착같이 돈을 모다봤자, 덴동어매 말이 옳애, 누구 하나 병치레하마 고만에 홀랑 날어가뿌리거든. 참 귀신이 장난친 것매이로 그래 돼뿌래. 돈 백 냥을 한 번 못 모다봤으이 할 말 다했제. 인자 메칠만 더 모두마 돈 백 냥을 만들겠다 싶으마 희한하이 시어른이 걸리든지 아덜 아부지가 걸리든지 아덜이 걸리든지 병이 탁 걸리뿌래. 다 사람 살자꼬 하는 짓인데 약 안 씨고 어예겠노. 그래 약을 씨자 그마, 덴동어매 말마 따나, 빚 안 내마 다행이래. 돈도, 돈도, 어예 그래 안 모돠키겠노? 내 흘린 피눈물만침만 모돴어도 이쿠 억울치는 않을 게래. 아이구야, 몸서리난데이, 도붓장사."

어머님께서도 한 말씀하셨습니다.

"그래도 소리실댁이는 자식이라도 여럿 키왔잖애. 그 자식들 다 성취해놓으이 인자는 자식 뉘●를 보잖나? 몸 아프마 자식들이 구완해줄 게고 숨 떨어지마 자식들이 장사 지내줄 겐데 무슨 걱정이로? 덴동어매는 일점혈육 하나 없이 다만 내외가 온갖 고생을 다하고도 돈 한 푼을 못 모돴으이 그 앞날이 오죽 막막하고 그 설움이 오죽 컸을라. 덴동어매는 하던 이박, 계속하게."

● 자손에게 받는 덕.

막막하기도 막막하고 섧기도 서러웠지마는 해 뜨면 한 그릇 밥 나눠 먹고 해 지면 끌어안고 살 붙일 사람 하나 곁에 있으니 그 온기로 살 만했네.

이때에 달실댁이 옷고름으로 눈물을 훔치며 말했습니다.
"지도요. 다 망하고 암것도 없어도 서방님만 곁에 있으마 어예든지 살아낼 게시더."
어머님께서 말씀하셨습니다.
"지금 마음이사 그렇겠지마는 사람 마음은 뜬구름 같은 게래. 시절 따라 인심 따라 자꾸자꾸 달라지는 게지, 평생 똑같은 모양일 수가 없다네. 우리 조카가 새사람만 귀애하다가 요사했으이 새사람 마음이 그런 게지. 만약에 조카가 어데 가여 요사시런 첩을 얻어가 새사람을 괄세하고 돌아보도 안 했어보래? 그 서방이 안 밉고 곱기만 할라?"
덕고개댁이 움푹 들어간 입을 오물거리며 말했습니다.
"밉지요. 밉고마고시더. 원수, 원수, 세상에 그런 원수도 없을시더. 기집질을 하더라도 얌전하이 할 일이지요. 기집질한다고 지가 어데 입이나 띴니껴떼었습니까? 입도 안 띠고 가만있는 조강지처를, 무슨 지랄로 눈만 마주쳤다 카마 뚜디리 패쌓으이, 사람이 골병이 들레가 살 수가 있어야지오."

청풍댁이 말했습니다.

"덕고개댁이 고생했는 거는 내가 잘 안다. 우리 집에 도망도 많이 왔잖나. 똥 뀐 놈이 성낸다 그디이, 그 영감은 어예 지 잘못했는 거는 하나또 모리고 익은 떡 같은 마느래만 그쿠 못 살그러 뚜디맀는지."

"오죽하마 지 나이 사십부터 이래 합죽할마이가 다 됐을니껴. 이기 다 볼때기를 하도 뚜디리 맞어가 그러이더. 돌아가신 시어매가 들었이마 섭섭다 그시겠지마는, 내사 그 영감 죽어지고 나이, 이십 년 묵은 체증이 니리간 거매이로 속이 시원하디더."

"속만 시원했을라, 살판이 났지. 삼신할미 토우하사 자식들이 다 잘 컸으이, 뒷짐 지고 어른질만 하마 되잖나. 늦복이 터졌지, 터졌어."

어머님께서 웃으셨습니다.

"늦복이라도 터졌으이 천만다행일세. 세상 서방들이 다 덕고개댁이 서방 같았으마 어느 과부가 서방을 못 잊어 그리워할라. 서방이라 그마 몸서리를 칠 일이지. 덴동어매는 하던 이박, 계속하게."

그해가 정미년(1907)이었지. 영덕 어드메 주막집이었고.

늦여름, 궂은 비 실실 오는 날, 꿀잠 자는 영감 어깨에 이불 끌어 덮어주고 툇마루에 나와 보니 백발 주모가 고구마 줄기를 다듬고 있더라. 말없이 주저앉아 한참이나 거들자니 문득 한숨이 나오데.

"머리 검은 사람이 머리 허연 사람 앞에서 어옌 한숨이로?"

"오늘도 공치는 수밖에 없을 챔이라, 목구녕에 풀칠할 일이 까마득해 그라지요. 비도, 비도, 참 징글맞기도 오니더. 어예만 좋으이껴?"

백발 주모가 처마 밑으로 손 내밀어 빗줄기를 가늠하네.

"요만한 비는 맞어도 괜찮을따."

백발 주모가 손질한 고구마 줄기를 버들 바구니에 주워 담고는 일어서더라.

"내가 저 웃마을에서 컸네. 친정도 저게 있고 집집이 다 아는 사람이래. 내가 따라가 줄 테이 자네는 그릇 한 죽 이고 가서 재주껏 팔아볼래는가?"

얼씨구나 했다네. 중간 다리 놔주는 사람이 있으면 못 팔 것도 팔고 한 개 팔 것도 두 개 팔지 않나.

"아이고 고맙니더. 부탁 쪼매 드립시더."

그래 영감은 한숨 더 자거라 하고 도롱이 쓴 주인댁 뒤따라 그릇 한 임* 이고 도부를 나섰네. 첫 번째 집서는 마수걸이로 밥그릇 한

벌을 척 팔고, 두 번째 집서는 입만 아프다 말았으나, 세 번째 집서는 사발, 대접, 보시기, 종지 일습을 팔아 없앴지. 임은 가벼워지고 돈주머니는 무거워졌네. 젖은 몸뚱어리가 햇솜이불처럼 가뜬하더라.

네 번째 집 들렀을 때였네.

이때에 질막댁이 앞섶을 움켜쥐며 중얼거렸습니다.
"아이고, 또 무슨 사달이 났을로. 내사 겁이 나가 못 들을따."
청풍댁이 질막댁의 팔뚝을 꼬집었습니다. 어머님께서 덴동어미에게 이야기를 계속하라는 눈짓을 보냈습니다.

쏟아지네, 쏟아지네, 소낙비가 쏟아지네. 천둥소리 볶아치며 채찍비가 쏟아지네. 우사雨師가 미쳤나, 하늘이 뚫렸나, 세상에 무슨 비가 저리 들이퍼붓나.

백발 주모와 함께 네 번째 집 처마 밑에서 발만 동동 구르고 있는데, 무너지네, 무너지네, 주막 뒷산 무너지네. 우당탕탕, 와르릉와르릉, 저것이 무엇인가. 괴물인가, 산신령인가, 뉘 발걸음이 저

● 머리 위에 인 물건. 또는 머리에 일 만한 정도의 짐.

리 무섭나. 아이고나, 아이고나. 눈 한 번 깜빡할 새, 주막 터를 빼 가지고는, 눈 두 번 깜빡할 새, 동해수로 달아나네.

여보 영감, 일어나소. 훌렁 헤엄쳐 나오소.

맨발로 내어 닫는 나를, 네 번째 집 주인 여자가 뒤에서 붙들어 안고는 놓아주질 않더라.

"못 가오. 가다 죽소."

사지를 허우적허우적, 무슨 말이든 하려 하나, 거친 신음소리뿐, 말이 되어 나오지 않네. 기진하여 쓰러지니 백발 주모가 묽은 미음을 끓여다주더라.

"싫소, 싫소, 나는 싫소. 안 먹고 죽을라오."

도리질을 치다 말고 그제야 통곡하네.

"불쌍한 영감탱이, 남해수에 죽을 목숨, 동해수에 죽는구나. 주막에나 있었으마 같이나 죽을 거를. 먼저 괴질에 죽었으마 이런 꼴을 안 볼 거를. 고대 죽을 거를 모르고 고생고생 온갖 고생, 아이고 무셔라, 돈 몇 푼에 발발 떨고, 국밥 한 그릇도 아까버 못 사먹고, 아이고 징그러버라, 도부가 다 머꼬. 사는 기 다 머꼬. 망측하고 기가 맥히……."

덴동어미가 생각만으로도 역장이 무너지는지 바윗장을 부여잡고는 말을 잇지 못합니다. 둘러앉은 사람들도 저마다의 슬픈 기억에 빠져들어 말을 잃었습니다.

이윽고 어머님께서 침묵을 깨셨습니다.

"내가 신행 오기 전 해였으이 갑신년(1884)이 맞을따. 그해 팔월 대낮에 점심 잘 먹고 설거지하던 참이랬어. 불각 중에 천둥번개가 치고 큰비가 억수같이 내리드이, 사방이 오밤중같이 어둡어지데. 그라고는 고만에 물이 불어 마당으로 마루 밑으로 마루 위로 차올라오는데 이거는 감당이 불감당이라. 온 식구가 지붕 위에 올라가여 겨우 살었지. 그런데, 우리 집서 머슴 살던 김서방 내외가 어예다가 백일도 안 된 깐얼라아이를 지붕 밑으로 떨어뜨렸어. 물에 떠밀리 가는 얼라를 지붕에 앉어가 보고 있자이 참말 기가 맥힐 노릇이지. 김서방하고 그 아낙이 머리를 풀고 울어쌓는데, 아이구야, 못 들을레라, 부모 된 죄인이 자식 잃고 우는 소리는 차마 못 들을레라."

어머님께서는 그날의 울음소리를 떨쳐버리려는 듯, 체머리를 흔드셨습니다.

계단댁이 말했습니다.

"지도 갑신년 큰물에 누대 거처 살림집을 떠니리 보냈잖니꺼."

덕고개댁도 한 마디 보탰습니다.

"아이고, 지는 갑신년은 아니고 그 다다음 혀던가, 언제였던지 생각도 잘 안 나이더마는, 산사태가 나가 집이 씨러지는 바람에 고마 막딩이를 잃어버렸잖니껴……."

명호댁도 나섰습니다.

"지는 그해 큰바람에 부러져 널찌는(떨어지는) 나뭇가쟁이에 맞아가 왼짝 눈이 안죽꺼정 옳잖니더(시원치 않습니다)."

청풍댁이 말했습니다.

"가물 끝은 있어도 장매(장마) 끝은 없다 그는 말이 있잖나. 큰물 한 번 지내고 나믄 논밭도 성한 기 없어. 뭐가 있어야 먹고를 살 챔이, 못 먹어 죽는 사람도 쌨고 쌨제."

어머님께서 말씀하셨습니다.

"그래, 덴동어매는 세상천지 그 서방 하나 의지해 살다가 그리 됐으이 그 설운 심사를 어예 말로 다할로? 사람 하나 훈김이 얼매나 장한 긴데. 그 일을 당하고 어예 살아냈던가? 하던 이박, 계속하게."

쎄를 깨물기도 여러 번이었네만, 죽을 만치 모질게 깨물지를 못했네. 아니 먹고 굶어 죽으려 해도 백발 주모가 한사코 밥숟가락 들이밀더라.

"이 사람아, 죽을 생각하지 마고 일나가 밥을 먹게. 죽는다꼬 시원할라? 죽으마 씰 데 있나? 개똥밭에 굴러도 이승이 낫다 안 그

다? 내가 열네 살에 주막집에 시집가가 이날 이때껏 칠십 평생을 장사 빠꼼이로 살아보이, 산목숨은 어예든지 살아보는 게 남는 장사래. 사람이 종당에는 죽게 돼 있으이 오늘 안 죽더라도 때 되마 죽을 겐데, 뭐가 그쿠 바쁘다고 죽는 일을 재촉하까.

이 사람아, 나를 보게. 나 역시나 하나 있는 집 잃가뿌고, 평생 모둔 재산 다 잃어버렸잖나. 울자고 들마 끝이 없고 죽자고 들마 당장에 목을 맬 일이지마는 울어도 시원찮고 죽어도 시원찮을 값에야 이렁저렁 또 살아볼라네. 나도 기양 살라볼라이 자네도 기양 살아보게, 으이?"

옷소매로 코를 풀고 내가 말하기를,

"기양 살아보라 그시이껴? 말씀이사 고맙습니더마는 또다시 여자 몸으로 쪽박 차고 빌어먹을니껴? 무슨 짓을 어예 해야 한세상을 살아낼라이껴? 살아볼라 그래도 살아볼 도리가 바이없니더."

백발 주모가 목수건을 풀어 내 얼굴을 닦아주며 말하기를,

"팔자 한 번 또 고치게. 세상일을 누가 아나. 암만 용한 점바치_{점쟁이}도 한치 앞일 모르더라. 팔자 한 번 또 고치가 그런 대로 살아보게."

"팔자를 안 고치봤으마 그런갑다 할시더마는 고치고 고치고 또 고치봐도 맹 이런 액운이 닥치이 더럽은 년의 팔자치레가 참말로

지독하이더. 먼저 두 영감 죽을 때는 신체라도 만져봤디마는 이 영감 죽을 때는 신체도 한번 못 만져보고 고만에 동해수에다 영결종천을 했니더. 세상에 더럽다, 더럽다 그래싸도 이쿠 더럽은 팔자가 또 있을니껴……."

"세 번 고치가 험한 팔자 네 번 고치만 확 필는지도 모르잖애? 다른 말할 거 없이 마당에 섰는 저 복사꽃나무 두고 보래. 이삼월에 춘풍 불마 꽃봉오리 빛깔도 곱지. 벌은 앵앵 노래하고 나비는 훨훨 춤을 추고 유객은 왕왕 놀다가고 산새는 희희낙락이래. 오뉴월 날 덥으마 꽃은 지고 잎사구 남아 녹음이라도 볼만하지마는 팔구월에 추풍 불마 입사구꺼정 몽창 떨지뿌잖나. 동지섣달 설한풍에 찬 기운을 못 견딜 적에는 이래 살어가 뭣에 쓸로, 고만에 탁 죽어뿌레마 속 핀치 싶우제. 그라다가도 겨울 가고 봄 와보래? 언제 죽을라 그랬나 싶그러 발간 꽃빛이 사방 화안하지.

시방 자네 신세는 동지섣달 설한풍을 만난 셈이래. 팔자 한 번 또 고치가 봄바람을 바래보게. 저 꽃나무 춘풍 만나 가지가지 꽃을 피우마 지 혼자 향기 나고 빛나는 거뿐이라? 그 꽃 떨진 자리에 복숭 열리고 그 복숭 씨, 종자 돼가 천만 년을 전할 테이, 자네 팔자도 인자 저 꽃나무같이 될지 아나? 이왕지사 세 번 고친 팔자, 또 한 번 더 고치가 귀동자 하나 숨풍 낳아보게. 수부귀 壽富貴 다자손 多子孫●,

옛말하고 살 날 있을따."

　내 팔자에 수부귀 다자손이라니, 하도 어이가 없어 코웃음이 다 나오더라.

　"그런 말씀, 곧이 들리질 않으이더. 사람이 바랠 거를 바래야지 언감생심 그런 욕심을 어예 낼니껴? 지가 십 년을 넘기 동네방네 도붓장사를 댕깄지마는 이십 삼십에 못 둔 자식을 사십 오십에 낳아가 뉘 본단 말은 못 들었니더. 자식 뉘를 볼 팔자라 그마, 이십 삼십에 자식 낳아 사십 오십에 봤을 게시더. 지 나이 하마 오십이 다 돼 가는데 두말하면 입만 아푸지요. 지 팔자는 이게 가지한계시더."

　"이 사람아. 그런 말하지 마고 내 말을 자세히 듣게. 설한풍에도 꽃 피던가, 춘풍이 불어야 꽃이 피지. 때 아닐 적에 꽃 피던가, 때를 만나야 꽃이 피지. 꽃 필 때라야 꽃이 피지, 꽃 아니 필 때 꽃 피던가. 봄바람만 간들간들 불어보래. 때가 되마 지절로 피는 기 꽃이지, 뉘가 시킨다꼬 피던가, 뉘가 막는다꼬 못 피던가. 고븐고운 꽃이 피고 보마 귀한 열매는 따라 열리더라."

　"……."

....
● 자손들이 많아 오래오래 부귀를 누리고 산다는 뜻.

"이 뒤엣집에 조첨지라꼬 우리 일가붙이가 사는데, 다만 내외 의지하고 살다가 상처(喪妻)한 지가 인자 석 달 하고 열흘이나 됐을라나. 사내 혼자 살림을 사이께네 겉보기사 태평이지마는 속내야 가련키 짝이 없지. 자네 팔자 또 고치가 내 말대로 살아보게."

"……"

"자, 자, 일나서게. 소뿔도 단 김에 확 뽑아뿌라 그잖나. 내 인도함세."

"……"

"이 사람아, 퍼떡 일나서게, 으이?"

반신반의 어영부영, 어찌할까 망설이다, 마지못해 주모 따라나섰네.

삼간초가 툇마루에 앉아 있던 영감 하나, 백발 주모를 보고는 반가워하며 축담 아래로 내려서더라.

"아이고, 누임(누님)요. 집이 그래 떠니리가버렸다 그는 소식을 듣고도 한번 찾아보도 안 하고, 지가 사람 도리를 못하고 사니더."

"그런 말 말게. 자네 형편이 어데 도리고 오리고 채릴 형편인가? 열다섯에 혼인해가 삼십 년 넘기 한 이불 덮고 산 할마이를 잃가뿌렸으이 그 마음이 오죽할라. 그래 밥은 어예 먹고 잠은 어예

자는가?"

　백발 주모가 영감 등을 토닥이며 도로 마루어 앉히네.

　"밥해 먹을 정신이나 있니껴? 기양 손에 잡히는 대로 물 한 사발 마시고 엿 한 가락 줏어 먹고 사니더. 밤에는 잠만 잘라 그래도 잠이 안 오다가 낮에 엿물 끓일 때 잠이 쏟아지디 고만에 엿이 솥바닥에 눌어붙어 다 긁어 내삐리기도 하고. 아이고, 사는 꼬라지가 마, 이쿠 매란도 없니더."

　"자네 그럴 줄 알고 맞춤한 사람 하나 구해왔네."

　백발 주모가 나를 이끌어 영감 앞에 선보이너.

　"아이고, 누임요. 할마이 가고 백일도 안 지냈는데, 예절이 말 아닐시더."

　"이 사람, 동상, 예절이라 그른 거는 본시 양반님네들이 지키는 거래. 우리네 상것들이 이절인지 저절인지 잘 알지도 못하믄서 따라하다가는 가랑이가 째져뿌래. 이보게, 동상, 사람 사는 기 젤 중하지 딴 거는 말짱 헛거라네. 사람 곁에 사람 훈김 없으만 자네도 지레 죽는데이. 다른 말하지 마고, 불쌍한 사람끼리 영감 할마이 짝 맞차가 보듬어가매 살아보게. 육례 따지고 인륜지대사 따지우는 거는 삼오이팔 청춘시절 초혼 때나 하는 거래. 늙도 젊도 안 한 사람들이 육례 따지고 칠례 따지가 뭣에 씰로? 그저 둘이 오순도

순 수의 收議해가 내일모레 미룰 거 없이 오늘부터 살림하소. 나는 인자 갈 챔이래."

조첨지가 벌떡 일어나 갱엿 뭉치를 챙기더라.

"엿이라도 한 가락 가져가소, 누임요."

"고맙네. 나는 감세. 고마 따라오지 마소."

주모가 엿을 받아들고는 육모 방망이라도 따라붙는 듯 부리나케 사립을 빠져나가더라.

조첨지는 반죽 좋은 황도령하곤 성정이 딴판이라. 숫기 없고 얌전한 사람이었네.

백발 주모도 가버렸지, 영감은 말도 안 하고 부끄러워만 하지, 어찌할 수 없어서 영감 행색을 뜯어봤지. 겉보매로야 까칠하고 오종종한 것이 눈 둘 데가 없으나, 마누라 잃고 못 먹고 못 자면 자연 그리 되지 않겠나. 내가 거울을 안 봐 그렇지, 내 몰골인들 오죽 허름하고 추레하랴.

내가 먼저 입 열었네.

"영감 생업이 엿장사인겨?"

"야아."

"기왕지 이래 됐으이, 궁금한 거 있으마 물어보소."

"어데 사람이오?"

"저으게 순흥 사람이시더."

"성은 무엇이오?"

"임가이더."

"나는 조가이더."

"조첨지라꼬 들었니더."

"그러이더. 엿장사 조첨지라 그마 근동서는 다 알게시더."

"……"

"……"

침묵이 길어지니 이번에는 영감이 먼저 입을 떼더라.

"나도 그렇지마는 할마이 행색도 말 아니구마. 어예다가 이 지경이 다 되었소?"

영감의 말에 따스운 기운 묻어나니, 내가 그 앞에서 또 울고 마네.

"내 팔자가 망측해가 만고풍상 다 겪었소."

닦아주네, 닦아주네, 엿장사 조첨지가 내 눈물을 닦아주네.

그날부터 양주되어 영감 할미 살림했지. 나는 집에서 엿을 고고 영감은 다니며 엿을 파네. 내가 호두약엿 잣박산에 참깨박산 콩박산, 산사과 질빈사과 갖추 갖추 하여주면, 영감이 상자 고리에 담아 지고 장마당을 다니며 팔아치우더라. 의성장, 안동장, 풍산장, 노룻골, 내성장, 풍기장, 한 달 육장을 안 빠뜨리고 찾아가니, 영감은 엿장사 조첨지요, 나는 조첨지 마누라라.

　엿 고는 일이 수월치 않다 하나 도붓장사에 비하리오. 그만치 마음 편하고 몸 편하기도 수십 년 만이라. 한 달 두 달 이태* 삼 년 사노라니 흰머리가 검어지고 오동포동 살이 붙어 주름살이 없어지데. 하도 신기하여 경대 앞에서 시간 가는 줄 모르고 앉았는데 영감이 다가와 어깨를 주무르네.

　"임자, 고생 많소. 없는 살림 요령껏 사는 것도 힘든데 사흘돌이_{사흘거리로} 엿 꽈가 갖은 박산 맨들어야제……. 얼매나 고생이 많소, 그래."

　"그런 말씀 하지 마소. 엿 꼬고 갖은 박산 맨드는 기 안 힘들다 그마 거짓말일시더마는, 도붓장사한테 대마 호리뺑뺑이_{거저 먹는 일} 시더."

　내가 영감 코 밑에다 정수리를 들이밀었지.

　"보인껴? 머리털이 다부_{다시} 검어졌니더."

　턱을 쳐들고 팽팽해진 두 뺨도 두드렸네.

● 두 해.

"주름살이도 이래 없어져뿌고요."

영감이 손 내밀어 내 뺨을 어루만지더라.

"으이? 참기름 바른 절편같이 맨질맨질하잖나. 아이고, 이 일로 어예노. 하마 오십줄에 든 사람 살깨미_{살갗}가 이팔청춘 살깨미일세."

영감도 웃고 나도 웃었네.

그러구러 밤낮으로 웃으며 살다 문득 태기 있으니, 이런 기적이 다 있는가. 천지신명께 감사하고 삼신할미께 큰상 올렸네.

귀하고 귀하다 우리 아기, 해님을 닮을라나 달님을 닮을라나. 무거운 짐은 들지 않고, 험한 데는 안 다니고, 나쁜 말은 듣지 않고, 더러운 냄새는 맡지 않고, 놀라지도 않고 울지도 않고, 뛰지도 않고 조심조심, 매사에 조심하네. 문턱을 넘을 때, 평상 오르내릴 때, 뒷간 갈 때는 영감이 잡아주지. 곱고 깨끗한 음식만 먹고 솔바람 소리, 댓잎 스치는 소리 듣고 매화 향, 난초 향, 부지런히 맡았네.

열 달 배불러 해산하니 이목구비 반듯한 옥동자라. 영감도 오십에 첫아이요 나도 오십에 첫아일세. 잘도 났네 잘도 났네, 다 늙어 얻은 아이가 어찌 이리 잘도 났는가.

미역국을 먹다 말고 영감을 보니 아이 어르는 영감 입이 귀밑까

• 163 •

지 찢어졌더라.

　둥기둥둥 이리로다 둥기둥기 둥기야 아가둥기 둥둥기야
　금자동아 옥자동아 섬마둥기 둥둥기야
　부자동아 귀자동아 놀아라 둥기 둥둥기야
　앉아라 둥기 둥둥기야 서거라 둥기 둥둥기야
　"영감보다 잘난 것 같니껴?"
　"잘났고마고. 날보담도 잘났고 임자보담도 잘났지. 여보, 임자. 젊어서도 안 생기던 아가 오십이 넘어가 어예 생겼을로? 참말 희한하고 이상치?"
　"내 말이 그 말이시더. 흥진비래 겪었으이 인자는 고진감래 할라는갑시더."

　아이가 하루가 다르게 토실토실 살이 오르더니 어느 날에는 배밀이를 하고 어느 날에는 네 발로 기네.
　"여보, 임자, 그게 뭣이오?"
　"얼라 돌 때 입힐 돌복이시더. 인자 두 달마 지내마 우리 아들 첫돌이잖니껴? 조끼하고 마고자꺼짐은 못 해줘도 바지저고리하고 오방장두루마기하고는 해줄라니더. 술띠하고 복건하고 복주무이도 맨들어주고요."

"나는 뭣을 할꼬?"

"영감은 퍼떡 얼라 이름부터 받아오소."

내가 짐짓 퉁바리를 놓았지. 영감네 사돈의 팔촌 중에 수부귀 다자손 복 받는 이름 잘 짓기로 유명한 어른이 안동에 살았거든. 영감이 아이 백일 즈음에 갖은 박산 싸들고 그 어른을 찾아갔더랬지. 가는 날이 장날이라고 마침 어른이 낙상을 당해 거동을 못하더래. 거동 못해도 이름을 못 짓겠나? 이치가 그러한데 주변머리 없고 착해빠진 우리 영감, 미안한 마음에 박산만 갖다 바치고는 아이 첫돌 지내고 다시 오마 했다는 거라.

"내 입으로 돌 지내고 간다 그랜 거로 인자 와여 어예나? 쪼매마 더 기둘리소."

"수수팥떡 해가 삼신할미한테 비손할 때 우리 아들 이름 부를라 그이 그라지요."

"얼라 이름이사 개똥이나 소똥이나 아무 게라도 막 부르마 고만이지."

"또 그 소리!"

"그나저나 우리 아들이 돌잡이를 무얼 할꼬?"

영감 얼굴에 아이 같은 함박웃음 떠오르니 내가 차마 더는 바가지를 못 긁었네.

과연 우리 아들이 무엇을 잡을라. 붓을 잡을라 지전紙錢을 잡을라, 쌀을 잡을라 실을 잡을라. 붓 잡으면 글을 잘할 것이요, 지전 잡으면 부자가 될 것이요, 쌀 잡으면 배불리 먹을 것이요, 실 잡으면 오래 살레라.

"뭘 잡은들 어떠이껴? 다 좋은 겐데."

"그렇고마고! 허허허."

그때였네. 방바닥을 뽈뽈뽈 기어 다니던 아이가 고리짝을 붙들고는 발딱, 일어서더라.

"여보, 임자. 저 아 쫌 보소. 누가 갈차주지도 않았는데 지 혼자 일라선다이?"

"인자 걸을라 그는가?"

"고놈 참 용하기도 용하다이."

"돌잔치 하는 날, 아장아장 걸어댕기미 지 손으로 돌떡을 돌리겠니더."

영감이 아이를 덥석 끌어안고는 잼잼, 도리도리, 얼러도 보고 궁둥이 툭툭 쳐도 보고 입도 쪽쪽 맞춰보네.

"사는 재미가 이런 겔따?"

"하마요. 더하지도 마고 덜하지도 마고 그저 요만침만 재미나게 살마 원도 한도 없을 게시더."

"내 말이 그 말이오."

"여보 영감, 우리, 여게서 더 바라지 마고 사시더. 좋은 집 있으마 뭣에 씨고 좋은 옷 입으마 뭣에 씨니껴? 좋은 음식이 암만 많아봐야 사람이 세끼 밥밖에 더 먹니껴? 지붕 안 새는 집 있지요, 사철 입을 옷 있지요, 세끼 밥 배불리 먹지요, 여게서 더 바라지 마시더."

"임자 말이 맞소."

세 식구가 그러고 신선놀음을 하는 중에, 영감의 죽마고우 김생원이 사립짝을 밀고 들어서더라.

"누고? 김생원 아니라?"

"김생원 맞네, 이 사람아. 얼라가 충실하이 잘 크네이. 제수씨가 고생 많소."

나는 간단히 수인사만 하고 부엌으로 가서 주안상을 마련했지. 김생원이라는 이가 목청이 커서 부엌에서도 주고받는 수작이 다 들리데.

"이보게, 조첨지. 수동별신굿 채비는 잘 돼가나?"

"먼 채비? 수동별신굿?"

"이 사람이 다 늙어 첫아들을 보더이 고만에 아한테 홈빡 빠져가 엿장사 대목꺼정 다 잊아뿌렸데이. 인자 이레만 지내마 정월 대보름이고 정월 대보름은 수동별신굿 날 아닌가. 엿장사 대목으로 수동별신만치 큰 굿이 또 어데 있나? 인자 아들도 생깄으이 이 기회에 돈을 벌어야지. 이 사람, 조첨지. 저 얼라가 어데 보통 불쌍한 얼라라? 남들매이로 젊은 부모 밑에 못 태어나고 늙은 부모 밑에 태어난 불쌍키 짝이 없는 얼라래. 다 늙어 얼라를 맨들었이마 부모된 죄로다가 저 철모르는 얼라한테 재물이라도 쏠쏠하이 남겨 줘야 안 될라?"

"아이고, 자네 말이 구구절절 옳으이. 젊은 부모 밑에 못 태어난 우리 귀한 아들, 재물이라도 남겨줘야지. 남겨줘야 되고마고."

"자네 밑천이 적거들랑 뒷돈은 내가 대줄 챔이, 호두약엿 많이 고고, 갖은 박산도 많이 하게."

"아이고, 김생원. 그리하고마고. 고맙네, 고마버. 요분^{이번} 대목에는 무슨 수가 나도 날 거 같으네. 크기 한번 벌리보세."

그 영감이 다 좋은데, 귀 얇고 줏대 약한 게 흠이랬어. 이만큼만 재미지게 살고 더는 바라지 말자고 찰떡같이 얘기해놓고는 그 입술에 침도 마르기 전에 무슨 일을 그리 크게 벌인단 말인가. 걱정, 걱정, 허다^{許多} 걱정에 속절없이 불안했네.

엿장수 조첨지 거동 보소. 우리 돈 삼십 냥 딸딸 긁고 김생원 돈 오십 냥 보태어 도합 팔십 냥어치 밑천을 들고 영덕장으로 내닫네.

찹쌀 사고 기름 사고 호두 사고 추자(楸子) 사고 참깨 사고 밤 사고 가지가지 재료를 장만하여, 함실아궁이에 다섯 동이들이 큰 가마솥을 걸고 참나무 장작 잉걸불을 피우네.

엿을 고네, 엿을 고네, 사흘 밤낮으로 엿을 고네. 일확천금 꿈에 부풀어 잠도 안 자고 엿을 고네.

그날을 어찌 잊으랴, 임자년(1912) 모월 모일을 어찌 잊으랴.

"여보 영감, 엿물은 내가 저을테이 인자 방에 들어가가 잠 좀 자소."

"알았소. 아이고오오오오, 곤하다. 거, 바닥에 안 눌어붙도록 잘 저으소."

"내 걱정일랑 하지 마고 퍼떡 드가기나 하세이. 영감 얼굴이 지금 어떤지 아니껴? 며칠 새, 입수구리가 다 부리키고(부르트고) 눈이 벌거이 매란도 없니더. 내사 돈도 싫고……."

내가 잔사설을 시작하려 하자, 영감이 기지개를 켜며 딴소리를 하데.

"아이고, 바람이 어옐라꼬 저쿠 야단시럽기 울어쌓노."

"바람 소리가 똑 호랭이 우는 소리 같으이더. 귀신 울음소리 같기도 하고요. 가만 듣고 있으마 머리털이 홀랑 일어서고 몸서리증이 절로 나니더."

내가 진짜로 몸을 와르르 떠니, 영감이 지청구를 대더라.

"사람도 참, 바람이 기양 바람이지 호랭이는 뭐고 귀신은 또 뭐로? 아 어마이가 돼갖꼬 생각이 이쿠 얼라 같으이 어예노."

장작 위에다 마른 삭정이를 잔뜩 얹어주고 영감은 자러 갔네. 영감 앉았던 짚방석에 나도 앉았지.

젓네, 젓네, 엿물을 젓네. 눈두덩 꼬집어가며, 콧등을 잡아 뜯어가며, 내 손으로 내 뺨을 때려가며, 그놈의 엿물을 저었지.

젓고, 젓고, 또 젓다가는 깜빡 조네. 고개를 흔들고 뺨을 치고는 또다시 젓개질을 하지. 젓고, 젓고, 또 젓다보면, 눈앞에 껌정 장막이 스르륵.

잠아 잠아 짙은 잠아, 이내 눈에 쌓인 잠아, 염치불구 이내 잠아, 검치두덕● 이내 잠아, 난데없는 이내 잠이 소리 없이 달려드네, 눈썹 속에 숨었던가 눈알로 솟아오나, 이눈 저눈 왕래하며 무슨 요수 피우던고, 맑고 맑은 이내 눈이 절로 절로 희미하네.

고개가 앞으로 툭, 꺾이는 서슬에 퍼떡 눈을 떴지.

아이고 무서워라, 호랑이 포효 소리가 귓전에서 들리더라. 그것

● 욕심 언덕. 잠의 욕심이 언덕처럼 쌓였다는 뜻.

이 바람 소리인 줄이야 기왕에 알았으나, 바람이 흑룡 모양을 하고 눈앞에 나타날 줄이야 내 어이 알았으랴.

두렵고도 황망하여 몸서리를 치는 중에, 꿈이런가 생시런가, 우리 집 굴뚝으로 흑룡이 용트림을 하더라. 우지끈우지끈 우지끈뚝딱, 굴뚝으로 불길이 치솟더니, 옮겨 붙네, 옮겨 붙네, 그 불길 이엉에 옮겨 붙네. 삽시간에 온 집안이 불지옥, 생지옥이라. 화광火光이 충천하고 불그림자 너울거려, 인사불성 정신없이 다섯 동이 엿물을 다 퍼 끼얹곤 안방으로 들이닫네. 애고애고 우리 아들, 우리 귀한 아들 어디 있나. 아들 안고 나오다가 불더미에 엎어지네. 떼굴떼굴 구르면서 살겠다고 나와 보니 영감은 간 곳 없고 불만 자꾸 타는구나.

이웃사람 모두 나와 더러는 물을 끼얹고 더러는 혀를 차고 더러는 발만 동동 구르네.

"우리 아 아부지, 아 아부지 어디 있소?"

누군가가 대답하네.

"얼라 살린다꼬 들어가드이 안죽꺼정 안 나오네. 하마 그릇된 모양일세."

아이를 아무한테나 떠맡기고 집 안으로 뛰어들려 하니, 동네 여자들이 백숙 끓일 씨암탉 잡도리하듯 목통과 어깻죽지를 꽉 붙들고 놓아주지 않더라.

　뒷집 젊은 새댁이 말하네.

　"인자 장정들이 드간다니더. 아지매가 드가봤자 못 찾을시더. 힘센 장정들이 드간다 그이 쫌만 참으소."

　무너지네, 무너지네, 대들보가 불기둥되어 무너지네. 불타오르네, 불타오르네, 샹기둥이 불타오르다 잿더미로 스러지네.

　불길이 잦아들자, 장정들이 달려들어 불더미를 헤치고 영감 시체를 찾아오더라. 나는 그 시꺼먼 것이 영감인 줄도 몰랐네.

　옆집 아주머니가 불현듯 통곡하데.

　"아이고, 아이고, 모진 놈의 불귀신이 사람 몸뚱이를 아주 함빡 꾸워놨다이. 포수 놈이 불고기를 해도 저보다는 나으리라. 아이고, 어엘로, 어엘로. 저 일로 어엘로."

　차라리 아니 볼 것을, 보고 나니 숨조차 쉴 수 없더라. 말도 못하겠고 울음도 안 나오고 그저 꺼억꺼억⋯⋯. 나도 영감 따라 죽고 싶단 생각밖에 안 들데. 이웃 여자들이 우느라고 한눈파는 사이에 그만 여자들을 밀쳐버리고 잔불 속으로 뛰어들었지. 마음이 너무 아프니까 불이 뜨겁고 안 뜨겁고 느낄 여유도 없더라.

　장정들이 달려들어 달랑 들어내니 머리털, 치맛자락만 그슬리고 말았다네. 눈먼 사람 대충 두드려 지진 콩과줄● 형상으로 또다시

불속으로 뛰어들려 하나, 이번에는 여자들이 사지 육신을 결박하고 놔주지를 않더라. 죽지도 못하겠고 살지도 못하겠고……. 버둥버둥 버둥거리다 뼈덩뼈덩 뻐드러졌네.

팔자가 더럽기로, 세상에, 요런 년의 팔자가 다 있나. 마누라 고생 많소, 치하하던 그 음성 또렷하고, 뭉친 어끼 주물러주던 그 손길 생생한데, 날아가네, 날아가네, 영감 혼백 날아가네. 별사別辭 한마디 없이 날아가네, 아주 훨훨 날아가네.

여보 영감…….

날 데려가소.

이때에 명호댁 옆에 앉아 있던, 불에 덴 자국이 있는 아이가 으앙으앙 울기 시작했습니다. 불의 기억을 되새긴 것 같았습니다. 어머님께서 말씀하셨습니다.

"이 사람, 명호댁이. 그 아이 꼭 안아주게. 오죽하마 불에 덴 거 같이 운다 그는 말이 있겠나. 쪼매난 얼라가 불귀신한테 그만침이나 데었으이 데일 때는 얼매나 아팠을 것이며 지금 덴동어매 말 듣고 생각할 때는 또 얼매나 섧을 게라? 그 아이 꼭 안아주게."

....
● 찹쌀가루와 콩가루를 반죽하여 기름에 튀긴 후, 엿을 발라 튀밥을 묻힌 한과.

명호댁이 어머님 말씀대로 아이를 끌어안아주자, 아이가 어미 젖가슴을 파고들었습니다. 명호댁이 눈물 번진 얼굴에 미소를 머금은 채, 아이 등을 토닥거렸습니다.

"쭈그렁바가지 같은 젖이라도 이래 좋다 그니더."

"좋고마고. 그 젖물 없었이만 지 한목숨도 없는 거로."

내앞댁이 말했습니다.

"우리 진세가 아홉 살 때 불장난을 해가 집을 홀랑 태워먹었잖니껴. 그때 우리 시어매가 진세를 데불고 일갓집에 숨어뿌디더."

명호댁이 응대했습니다.

"아이고 잘 숨었제. 내앞 양반이 어데 보통 불뚝 성질이라?"

"참말 그렇디더. 만약 그때 진세가 즈그 아바이 눈에 대장킸으마 들켰으면 맞아죽었게나 병신이 됐을시더."

어머님께서 말씀하셨습니다.

"이왕지 불타 없어진 집을 어엘 꺼로? 옛날부터 꿀 한 숟가락 훔치 먹은 아는 혼을 내도, 불낸 아는 혼을 내지 말라 그랬어. 불낸 아를 혼내고 다구치마 아가 너무 놀래가 정신이 나가뿌릴 수도 있다 그잖나. 내가 클 적에 그런 아를 하나 봤어. 아가 영 미쳐뿌리더라꼬. 덴동어매도 덴동이, 잘 거두게. 덴동이야 지 잘못으로 불을 낸 기 아니이께네 진세하고야 다르지마는 첫돌 앞두고 불구딩이에 굴렀지, 물고 빨고 그만침 귀애그던(귀하게 여기던) 아바이 잃거뿟지, 그 속이 오죽했을라."

덴동어미가 말했습니다.

"마님 말씀이 옳으이더. 쪼매난 얼라래가 말을 못해 그렇지, 맘 상하고 몸 고생한 거는 이 어매보다 더했을 게래요."

"그래, 그 아를 데불고 어예 살아냈던가? 하던 이박, 계속하게."

이웃집에 업혀가서 죽은 듯이 누웠자니 그 집 댁네가 우는 아이를 안고 오네. 이 아이가 뉘 아인가, 어젯밤에 안아 재운 그 잘난 아이는 어디 가고, 불에 데어 차마 눈 둘 데 없는 이 아이는 누구인가. 애간장이 마디마디 끊어지니 되레 세상만사가 다 귀찮아지데.

이웃 여자가 내 앞섶을 풀어 헤쳐 젖을 찾네.

"이보게, 얼라 젖 믹이게. 이 사람아, 정신 차리고 얼라 젖 믹이게. 성한 얼라가 우는 모양도 보기 힘든데, 덴 얼라가 우는 모양은 차마 못 볼레라. 퍼떡 일나가 얼라 젖 믹이게, 으이?"

그 댁네는 지성으로 강권하나, 내 마음은 그저 빨리 죽어 벗어나고만 싶더라.

"젖이고 잦이고 고만에 나는 죽을라네. 저 어린것이 젖 믹인다고 살겠는가? 기어이 못 살고 죽는 거동을 내가 눈 뜨고 어예 봐낼로? 아주 죽어 모르는 게 지성으로 속 편할따.

"이 사람아, 데였다고 다 죽으란 법이 있는가. 불에 덴 사람이야 근동에도 허다하지. 크게 데이고도 잘 사는 사람 숱하더라. 이 얼라 살고 못 살고는 자네한테 달렸네. 지 어매라야 살리내지 다른 사람이 어예 살릴로? 자네 한 사람 죽어지만 살 얼라라도 못 산단 말일세. 자네 죽고 얼라 죽으믄 조첨지는 아주 죽잖나. 살아날 것이 죽어지믄 그도 또한 사람 못할 짓 아닌가. 조첨지를 생각하거들랑 퍼떡 일나가 얼라 살리게. 얼라만 살고 보믄 조첨지도 사뭇 안 죽었네."

가만 듣자니 그 댁네 말이 옳아, 마지못해 일어나서 아이 받아 젖 먹이네. 그제야 할 수 없이 아이 모양을 뜯어보니, 애고애고 귀한 아들, 갖은 병신 되었구나. 한쪽 손은 오그라져 조막손이 되어 있고 한쪽 다리 뻐드러져 장치다리⁽뺀정다리⁾ 되었으니 성한 이도 힘든 삶을 갖은 병신이 어찌 살꼬.

어찌 살꼬, 어찌 살꼬, 이 힘한 세상을 어찌 살꼬. 늙은 어미 죽고 나면 이 아이가 어찌 살꼬.

이때에 어머님께서 덴동어미의 말 밑둥을 싹둑 잘랐습니다.

"이 사람아, 그런 사설은 듣기 싫네. 우리가 다, 자네 알고 덴동이를 아는데, 자네 한 몸 없어졌다고 덴동이를 모른 체할라? 나도 살다가 앉은뱅이 됐지마는 이렁저렁 큰소리치고 잘 살잖나? 덴동이도 첨보다야 엄치미 나아졌으이 인자 커갈수록 더 나아질 일밖에 없을 게래. 그런 말은 고만 끝내고 하던 이박, 계속하게."

영덕읍 오 년 살림에 남은 것은 덴동이 하나뿐이라. 집도 절도 없는 모자가 어디를 다니며 어떻게 빌어먹을꼬. 덴동이를 젖 물려서 가로안고 생각하니 지난 일도 기막히고 앞일도 막막하더라. 건널수록 물도 깊고 넘을수록 산도 높으이 어떤 년의 고생팔자가 일평생 고생인고. 젊기나 젊나, 속절없이 늙었구나. 자식이나 성하거든 개를 믿고 산다 하지, 나이는 점점 많아가고 몸은 점점 늙어가니 이렇게도 할 수 없고 저렇게도 할 수 없어라.

타향살이 덧정 없어 덴동이를 들쳐 업고 내 고향땅 돌아오니, 강산은 의구하되 인정 물정 다 변했네. 우리 집은 터만 남아 쑥대밭이 되었구나. 아는 이는 하나 없고 모르는 이뿐이로다. 느티나무 시원한 그늘만이 옛 모습 그대로 나를 반겨주누나.

"나도 후생에는 나무로 태어났이마……."

느티나무 검은 보굿을 손으로 쓸고 있자니, 어딘가 가까운 데서

구슬픈 뻐꾹새 소리, 들리더라. 혹, 첫 서방님 죽은 넋이려나?

"새야, 새야, 뻐꾹새야, 내가 올 줄 어예 알고 여게 와서 슬피 울어 내 설움을 불러내나. 반가버서 우는 게라, 서러버서 우는 게라. 네가 정녕 님의 넋이거든 내 앞으로 날아오고 님의 넋이 아니거든 아주 멀리 날아가라."

그러자 뻐꾹새 한 마리, 느티나무 푸른 가지를 헤치고 포르릉 날아오르더니 내 머리 위에 둥둥 떠서 뻐꾹뻐꾹. 울어쌓네. 세상 오래 살다보니 그런 일도 다 있더라. 새의 말을 니 모르고 내 말을 새가 어이 알겠는가마는, 반가운 마음 서러운 마음이 이심전심 통하더라.

오호라, 서방님 넋이 분명할세. 넋이라도 반가워라. 나는 살아 육신이다마는 님은 죽어 넋이로다. 님 가신 지 근 사십 년, 사십 년 세월을 여기서 날 오기를 기다렸나. 어이하리, 어이하리, 후회막급 어이하리. 새야, 새야, 울지 마라, 새 보기도 부끄럽다. 그때 그 서방님 따라 죽었으면 나도 뻐꾹새로 태어나서 너하고 암수 짝 맞추어 정답게 살았을까. 어떻게든 안 죽고 살아보겠다고, 기어이 살아를 보겠다고, 애면글면 아등바등 살아온 뒤끝이 요 모양 요 꼴이라, 내가 참, 새 보기도 부끄럽구나.

내 한평생을 돌아보자니, 살아온 세월도 신산하고 살아갈 세월도 가소롭네. 첫째 낭군 추천에 죽고 둘째 낭군 괴질에 죽고 셋째 낭군 물에 죽고 넷째 낭군 불에 죽었지. 나 또한 이리 가도 고생 구덩이요, 저리 가도 고생 구덩이에서 헤매었네. 그럴 줄을 알았으면, 남의 말 다 듣지 말고 내 하고 싶은 대로나 하고 살 것을, 양쪽 부모 시키는 대로 가기 싫은 시집을 또 갔다가 고생은 고생대로 하고 후회는 후회대로 하는구나. 내 마음대로나 했더라면 그 고생은 안 했을걸. 그 고생 다 했더라도 후회는 아니 할걸. 후회가 없으면 뻐꾹새 너한테까지 부끄러울 일도 없을 것을.

망연자실 주저앉아 소리 없이 흐느끼자니, 웬 파파노인*이 다가오더라.

"어데서 온 웬 사람이 이쿠 섧기 울어쌓노? 보는 사람이 다 섧어지그러. 울음 그치고 말을 하게. 사정이나 들어보세. 무슨 설움인지는 모를따마는 어예 그쿠 섧어하노?"

새 보기도 부끄러운데 사람 보기는 더 부끄럽지.

"고마 모른 체하소. 내 설움 알아가 만고에 쓸 데 없니더."

억지로 울음을 삼키려니 딸꾹딸꾹, 딸꾹질이 나더라.

"애고애고 안됐어라. 쪼매난 얼라가 불귀신한테 당했구마. 모질

* 머리털이 하얗게 센 늙은이.

기도 당했구마. 얼라 이름이 뭣이로?"

"불에 데었다꼬 덴동이시더."

"불에 데어도 지 명 길면 또한 오래오래 잘 살더라. 그래, 자네는 간 곳마다 그리 섦었디나, 여게 와서 더 섦은가?"

"여게 오니 더 섦으이더. 여게 이 터에 살던 임상찰이 지금은 어데서 어예 사니껴?"

"그 집은 하마 오래전에 절단 났제. 지금은 아무도 없어. 딸 하나 전부였던 것도 첫 서방이 그릇된 뒤에 팔자를 고쳤는데 그 담부터 연락이 끊기뿌렜어."

참고 참던 울음덩어리가 그제야 터져나오더라. 내가 목 놓아 통곡하니, 덴동이가 따라 우네. 노인이 당황하여 덴동이를 받아 안더라.

"타관 사람이 이 집을 어예 알던가? 이 터에 살던 임상찰이 우리 집하고는 오촌지간이래."

그 말에 눈 부릅뜨고 노인 얼굴을 뜯어보았지. 수십 년 세월 흐른 뒤이니 무슨 수로 알아보랴. 그러나 노인네 축 처진 눈매, 도톰한 입매가 눈에 익은 듯도 하니, 내 어릴 적 종종머리 땋고 색동저고리 입고 천방지축 싸다닐 적에 일갓집 형님들 중 유달리 인정을 주던 와룡 형님이 생각나더라.

"혹시 와룡서 시집오신 와룡 형님 아이껴?"

노인네, 눈이 휘둥그레져서 내 손을 붙잡더라.

"그 말이 웬 말인가? 자네가 어예 나를 알로?"

내가 달려들어 부둥켜안고 통곡하니 노인네가 눈물 글썽글썽한 눈으로 묻더라.

"연화……. 참말 연화 애기라?"

"……."

"아이고나, 임상찰댁 무남독녀 연화 애기가 안 죽고 살아 있었데이. 잘 살았네, 잘 살았어. 살았으이 이래 만나내지, 죽었으마 만나낼라."

"……."

"많이 늙었네, 이 사람아."

"형님도……. 설부화용雪膚花容 곱던 용모가 많이 삭았니더."

"세월 앞에 장사 있나. 내사 고래로 드물다는 칠십 노인이께네 그렇지마는, 이 사람아, 자네는 왜 이래 됐을로? 연꽃 같던 얼굴에는 어예다가 외꽃이 폈고, 삼단 같던 머리털에는 어예다가 눈서리가 그쿠 니맀나? 절편 같이 맨드랍던 살께미에는 그 첩첩주름이 다 웬 말이로?"

"주름살이 골골마다 눈물 한 고랑, 한숨 한 두둑이시더."

"참말, 내 정신 좀 보게. 여게서 이라고 있을 기 아니래. 집에 가세. 우리 집에 가세나. 만단정회萬端情懷*를 풀더라도 집에 가서 품세."

노인에게 손 붙잡혀 노인 집을 찾아가니, 문밖의 청삽사리 왕왕 짖으며 네가 누구냐 왜장치고 문 안의 거위 한 쌍 끼룩끼루룩 달려드네. 안방으로 들어가니 그 집 며느리가, 청삽사리처럼 짖지 않고 거위 한 쌍처럼 달려들지 않았달 뿐이지, 놀라고 꺼리는 눈으로 우왕좌왕하더라. 하기는 다 늙은 여편네가 불에 덴 자국 그득한 어린 아일 끼고 앉았으니 그 행색이 오죽 해괴하랴 스스로 부끄러워 눈 내리깔고 외면하자니, 노인네가 며느리를 신칙하더라.

"왜 이래 수답노 경망스럽나? 우리 일가 시누이니라. 귀한 손이 오셨으이 접빈객을 하거라."

그래 노인네와 어울려 한밥상에 밥을 먹고 한이불을 덮고 누워 살아온 이야기를 나누었네. 한바탕 이야기에 동창이 훤하더라.

이때에 어머님께서 말씀하셨습니다.

"그 노인이 재작년에 돌아간 와룡댁이라. 딘정이 많기도, 많기도,

....
● 온갖 정과 회포.

그만침 많은 사람이 또 있을라?"

덴동어미가 고개를 끄덕였습니다.

"두말하마 잔소리시더. 친정 동네라꼬 찾아오기는 왔지마는 친정 집은 오래전에 절단났지, 밥숟가락 한 개 못 징깄지지녔지, 참말로 어옐 줄을 모르고 섧어, 섧어, 울고만 앉았던 지한테 비빌 언덕이 되어주신 형님이랬지요. 그 형님 덕에 오늘날 지가 오막살이따나 내 집이라고 징기고 엿 팔아 밥 먹고 새끼 거두매 살고 있잖니껴."

"그 노인 덕 본 이가 한둘이 아니래. 나도 그 노인한테 맘으로 빚진 게 참 많으이."

"지는 와룡 형님 덕만 본 기 아니고 안동 마님 덕도 참 숱해 보았니더. 순흥 땅에 와서는 두 분 덕을 젤 많이 봤지마는, 그 전부터도 지는 맹 남의 덕으로 살아왔니더. 벌써 죽었을 목숨이 남의 덕으로 안죽꺼정 살아 있는 셈이시더. 그래 비록 내가 가진 거는 없어도 남한테 덕 보일 일 있으마 뭐라도 할라고 나서지요. 지가 오늘 달실 아씨한테 넘사시러번남우세스런 줄도 모르고 못난 사람 못난 이박 구구절절 늘어놓는 기 다 그 때문일시더."

"어디 그 못난 이박, 계속 들어봄세."

"못난 이박은 이만침서 끝내야지요. 인자 노래 부리고 놀 챔일시더."

덴동어미가 손짓하자, 향란이가 장구 반주를 넣었습니다.

엉송이 우엉송이 밤송이 다 찡기보고 세상의 별 고생 다 해봤네
살기도 억지로 못 하겠고 재물도 억지로 못 하겠데
고약한 신명도 못 고치고 고생할 팔자도 못 고치데
고약한 신명은 고약하고 고생할 팔자는 고생하지
고생은 고생대로 다할 양이면 내 마음대로나 하고 살지
마음대로나 하고 살면 원망과 한탄은 덜하잖나
청춘과부 떠밀려서 개가할라만 내가 양식 싸들고 갈리려네
이팔청춘 청상들아 시집에다 서방에다 내 팔자를 떠맽기지 말게

향란이가 장구채를 딱, 부딪치며 추임새를 넣었습니다.
"옳지!"

아무 동네 화령댁은 스물하나에 혼자되어 단양으로 개가해서 겨우 다섯 달 살다가는 명이 다해 죽었으니 그거야 인명재천, 토 달 일도 없지마는 아무 동네 장림댁은 갓 스물에 청상 되어 제가 춘광*을 못 이겨서 영춘

....
● 이성을 몹시 그리워하는 마음.

으로 가더니만 몹쓸 병에 전염되어 앉은뱅이 되었다데

　아무 마실에 용궁댁은 열아홉에 서방 잃고 제가 공연히 발광 나서 내성으로 갔다더니 서방 놈에게 매를 맞아 골병들어서 죽었다데

　아무 집의 월동댁도 스물둘에 과부 되어 제집 식구를 모함하고 예천으로 가더니만 전처 자식을 괴롭히다가 서방에게 쫓겨나고

　아무 곳에 이하댁네 갓 스물에 서방 죽고 남의 첩으로 가더니만 큰어미●가 사무라워 삼시 사시 싸우다가 비상을 먹고 죽었다데

　이 사람들 이리된 줄 온 세상이 아는 바라

　그 사람들 개가할 제 잘되자고 갔지마는

　팔자는 고쳤으나 고생은 못 고치데

　후회한들 어찌할꼬 죽을 고생 많이 하니

　큰 고생을 안 할 사람 상부(喪夫)부터 아니 하지

　내 고생을 남 못 주고 남의 고생 안 하나니

　내 고생을 내가 하지 내 고생을 뉘를 줄꼬

　골백번을 생각해도 시집 덕에 잘되는 이는 넷의 하나 아니 되니

　내 살 길은 내가 찾아야지 사내 하나 잘 만나

　팔자 고친단 생각은 아예 하질 말게

....
● 남편의 본처.

개가 가서 고생보다 홀몸 고생 호강이라

죽을 고생하는 사람 칠팔십에도 살아 있고

부귀호강 하는 사람 이팔청춘 요절하니

고생한다고 덜 살지 않고 호강한다고 더 살지 않네

고생도 끝이 있고 호강도 끝이 있어

호강살이 제 팔자요 고생살이 제 팔자라

남의 고생 꿔다 하나 한탄한들 무엇할꼬

내 팔자가 사는 대로 내 고생이 닫는 대로

좋은 일도 그뿐이오 그른 일도 그뿐이라

춘삼월 호시절에 화전 놀음 왔거들랑

꽃빛일랑 곱게 보고 새 소리는 좋게 듣고

밝은 달은 예사 보며 맑은 바람 시원하다

좋은 동무 좋은 놀음에 서로 웃고 놀다가소

사람의 눈이 이상하여 제대로 보면 괜찮은데

고운 꽃도 새겨보면 눈이 캄캄 안 보이고

귀도 또한 별일이지 그대로 들으면 괜찮은 걸

새 소리도 고쳐 들으면 슬픈 마음 절로 나네

마음 심心 자가 제일이라 단단하게 맘잡으면

꽃은 절로 피는 거요 새는 예사 우는 거요

달은 매양 밝은 거요 바람은 일상 부는 거라
마음만 예사 태평하면 예사로 보고 예사로 듣지
보고 듣고 예사로 하면 천하의 고생 팔자도
아이구야, 자네한테는 못 이기겠네, 하더라

덴동어미가 달실댁의 손을 잡습니다.

"시집을 가고 안 가고……. 세상천지 그 두 가지 길밖에 길이 없는 기 아니라요. 두 가지 길밖에 없다고 생각하마 두 가지 길밖에 안 븨니더. 이짝으로 가마 벼랑 끝이고 저짝으로 가마 깊은 계곡이라, 아이고 나 죽었네, 이래 생각하마 죽는 길밖에 안 븨지요. 딴 길이 있다고 믿고 딴 길을 찾어보소. 벼랑도 잘 찾어보마 덜 가파른 비탈길이 있을 게고 계곡도 잘 찾어보마 빙 둘러 니리가는 자드락길이 있을 끼래요.

달실 아씨요. 재취 시집을 가느니 지성으로 핵교를 가소. 요새 영주 어드멘가 권학대勸學隊● 라 카는 기 와갖고 핵교 댕기라고 난리나디더. 재와주고 믹이주고 공책, 연필도 다 거저 준다니더. 나도 쬐매 마 더 젊었이마 어예 함 해볼따마는 인자 눈도 잘 안 믹고 덴동이도

● 근대 초기, 여성 교육을 주창하며 가가호호 찾아다닌 사람들.

키와야 되고 숨잖은 쉽지않은 일이지요. 하지만 아씨는 인자 겨우 열아홉 살 홀몸인데 걸거치는 거치적거리는 기 뭐가 있니껴? 공부 열심히 해가 선생도 하고 의사도 하소."

달실 형님의 얼굴이 눈물자국으로 번들거립니다.

"황연대각晃然大覺, 황연대각, 말만 들었디마는 진짜로 캄캄하던 눈앞이 환해지고 먹먹하던 귀가 뚫리는 거 같니더. 이쿠 좋은 말씀을 듣고 답가를 안 하마 도리가 아니지요."

달실 형님이 저고리 소매로 얼굴을 대충 닦고 일어나 덴동어미의 노래에 화답합니다.

덴동어미 말 들으니 말씀마다 마카 옳아.

이내 수심 풀어내어 이리저리 부쳐 보세.

이팔청춘 이내 마음 봄 춘春 자로 부쳐두고

화용월태 이내 얼굴 꽃 화花 자로 부쳐두고

술술 나는 긴 한숨은 봄바람에 부쳐두고

밤이나 낮이나 수한 시름 우는 새나 가져가게.

일촌간장 쌓인 근심 도화유수로 씻어볼까.

천만 첩이나 쌓인 설움 웃음 끝에 하나 없네.

구곡간장 깊은 설움 그 말끝에 실실 풀어

삼동설한* 쌓인 눈이 봄 춘자 만나 슬슬 녹네.

봄 춘자 만난 꽃 화자요 꽃 화자 만난 봄 춘자라.

얼씨구나 좋을시고 좋을시고 봄 춘자

화전 놀음 봄 춘자 봄 춘자 노래 들어 보소.

가련하다 이팔청춘 내게 마땅한 봄 춘자

노년에 다시 고향의 봄 덴동어미 봄 춘자

만년토록 장수할사 우리 부모님 봄 춘자

집 앞 버들에 봄 온 줄 모르는 봄 도연명의 봄 춘자

한 번 미소에 온 궁궐에 봄 양귀비의 봄 춘자

술 취해 지나간 서른 번의 봄 이태백의 봄 춘자

만천하에 태평한 봄 강구연월 봄 춘자

온갖 꽃이 만발한 봄 천만 봉오리의 봄 춘자

만 리 강산 가없는 봄 유산객의 봄 춘자

온 산에 울긋불긋한 봄 홍정골댁네 봄 춘자

냇물에 밝은 달 비치는 봄 골내댁네 봄 춘자

명사십리 해당화 핀 봄 새내댁네 봄 춘자

도화꽃 만발한 봄 도화동댁 봄 춘자

....
● 겨울 석 달.

저 멀리 행화촌의 봄 행정댁네 봄 춘자
집집마다 홍도화 핀 봄 도지미댁네 봄 춘자
온 골짝 이화 만발한 봄 희여골댁네 봄 춘자
수양버들 늘어진 봄 오양골댁네 봄 춘자
온 동네 연기 오르는 봄 연동댁네 봄 춘자
비 개자 무지개 뜬 봄 홍다리댁 봄 춘자
화한 기운 융융한 봄 안동댁네 봄 춘자
온갖 새들 소리하는 봄 소리실댁 봄 춘자
아름다운 연꽃 핀 봄 놋점댁네 봄 춘자
다리 위에 샛별 뜬 봄 청다리댁 봄 춘자
강남에서 연꽃 따는 봄 남동댁네 봄 춘자
영산홍 영춘화 피는 봄 영춘댁네 봄 춘자
만화방창 단산의 봄 질막댁네 봄 춘자
아득한 강에 가랑비 내리는 봄 우수골댁 봄 춘자
십 리 긴 숲에 화려한 봄 단양댁네 봄 춘자
맑은 바람 솔솔 불어 청풍댁네 봄 춘자
봄비 덕에 꽃이 핀다 덕고개댁네 봄 춘자
바람 끝에 봄이 온다 풍기댁네 봄 춘자
비봉산의 봄 춘자 화전 놀음 흥이 난다.

봄 춘자로 노래하니 좋을시고 봄 춘자

봄 춘자가 못 가그러 실버들로 꼭 짬매게.

봄날이 지나간다 앵무새야 만류해라.

바람아 부지 마라 만정도화 떨어진다.

얌전히 듣고 앉았던 단양 형님이 방긋 웃으며 앞으로 나섭니다.

"어매요. 지가 봄 춘자 타령 답가로 꽃 화자 타령 한 가락 해도 됩니꺼?"

어머님께서 대답하시기 전에 동네 사람들이 먼저 박수를 치며 흥을 돋웁니다. 형님의 뺨이 진달래꽃 빛으로 물듭니다.

"사람 여인이 어예 저쿠 참할로?"

"하늘 선녀가 니리온 거 같다마는."

"내 말이 그 말이래. 우리 선녀님 꽃 화자 타령 한번 들어보세."

"들어보세. 들어보세."

잘도 하네 잘도 하네 봄 춘자 노래 잘도 하네.

봄 춘자 타령 다했는가 꽃 화자 타령 내가 하리.

낙화유수 흐르는 물에 만면 수심 씻어내고

꽃 화자 얼굴 단장하고 반만 웃으며 돌아서니

해당스레 웃는 모양 해당화와 한가지요

오리볼실● 앵두 볼은 홍도화처럼 빛이 곱다.

앞으로 보나 뒤로 보나 온 전신이 꽃 화자라

꽃 화자 같은 이 사람이 꽃 화자 타령 하여 보세.

좋을시고 좋을시고 꽃 화자가 좋을시고

꽃바람이 다시 불어 만화방창 꽃 화자라

천년만년 장생화는 우리 부모님 꽃 화자요

슬하膝下 만세 무궁화는 우리 자손 꽃 화자요

요지연의 벽도화는 서왕모의 꽃 화자요

천년에 한 번 천수화●●는 광한전의 꽃 화자요

극락전의 선비화는 석가여래 꽃 화자요

천태산의 할미화는 마고선녀 꽃 화자요

춘당대의 선리화●●●는 우리 임금님 꽃 화자요

봄꽃 피듯 부귀한 건 우리 집의 꽃 화자요

죽어도 못 잊는 상사화는 우리 낭군 꽃 화자요

명사십리 해당화는 바다 신선 꽃 화자요

....
● 비단의 한 종류인 '도리불수'의 경상도 방언. 비단처럼 곱고 부드럽다는 의미.
●● 우담바라.
●●● 오얏꽃.

만첩산중 철쭉화는 팔십 노승의 꽃 화자요
울긋불긋 찔레화는 조카딸네 꽃 화자요
잠깐 한철 도리화는 술 파는 여인네 꽃 화자요
저 멀리 살구화는 술집 찾아가는 꽃 화자요
강남의 홍련화는 전당 호수의 꽃 화자요
꽃 중의 왕 모란화는 꽃 중에서도 어른이요
비단 창문의 옥매화는 꽃 화자 중의 미인이요
섬돌 위의 함박꽃은 꽃 화자 중에 더욱 곱다.
허다 많은 꽃 화자가 좋고 좋은 꽃 화자나
화전하는 꽃 화자는 참꽃 화자 제일이라
다른 꽃 화자는 그만두고 참꽃 화자 화전하세.
젓가락으로 집어 입에 넣으니 봄꽃 향기 뱃속에 가득
향기로운 꽃 화자 전을 우리만 먹어 되겠는가.
꽃 화자 전을 많이 부쳐 꽃가지 꺾어 많이 싸다가
장생화 같은 우리 부모 꽃 화자로 봉친하세.
꽃다울사 우리 아기 꽃 화자로 먹여보세.
꽃과 같은 우리 아기 꽃 화자로 달래보세.

어머님께서 부채를 흔들며 말씀하셨습니다.

"달실댁이 저쿠 노래를 잘하나 속으로 엄치미 놀랬디마는, 우리 새아꺼정 이쿠 잘할 줄이사 오늘 첨 알았다. 젊은이들 노래를 들었으이 늙은이가 답가를 안 할 수 있나."

덕고개댁이 어머님을 놀립니다.

"아이고, 마님요. 아까부터 노래 한 가락이 하고 싶어 안달을 하시더이 인자사 나서니껴? 녹의홍상 새색시도 아닌 양반이 무슨 부끄럼을 그래 타시니껴?"

어머님께서도 농반진반弄半眞半으로 덕고개댁을 타박하십니다.

"이 사람아, 늙었다고 부끄럼도 없어지던가? 몸은 비록 늙었어도 마음은 안죽 이팔청춘일세. 눈바람 찬 서리 맞아 시든 초목 같은 이 몸뎅이에도 또한 좋고 서럽고 분하고 부럽고 우습고 무섭고 부끄런 감정이 깃들어 요동을 쳐쌓네. 덕고개댁이는 안 그런가?"

덕고개댁이 웃으며 인정합니다.

"마님 말씀이 옳으이더. 이 빠지고 근력 없거지고 눈 잘 안 비고 귀 잘 안 들려도 마음은 어예가 젊었을 적에나 지금에나 맹 똑같은 거 같으이더. 아잇따아니다, 점점 더 여려지고 코드라버지는 거 같기도 하이더."

덴동어미가 박수를 칩니다.

"안동 마님 노래 기둘리다가 자라 모가지가 학 모가지 될시더. 고마 노래하시이소. 들어봄시더."

어머님께서 부채를 접었다 펴시며 노래를 시작하십니다.

봄 춘자 타령 잘도 하니 봄기운이 진동하고
꽃 화자 타령 잘도 하니 노래 속에 향기 난다.
나비 펄펄 날아들어 꽃 화자를 찾아오고
꽃 화자 타령 들으려고 봉황 공작 날아오고
뻐꾸기 꾀꼬리 날아와서 꽃 화자 노래 화답하고
꽃바람은 솔솔 불어 고운 소리 들려주고
청산유수 물소리는 꽃노래를 어우르고
붉은 노을 일어나며 꽃노래에 어리고
오색구름 일어나며 머리 위에 둥둥 뜨니
천상의 신선 내려와서 꽃노래를 듣나보다.

어머님, 여기서 붓을 놓습니다.

저도 오늘, 덴동어미의 이야기에 황연대각하는 바, 있었습니다. 때때로 이날을 기억하고 이 이야기를 떠올리려 합니다.

3부

화
전
마
무
리

 서녘 하늘로 해가 지고 있었다. 붉은 노을이 붉은 진달래와 어울려 붉은 시간을 너울너울 토해냈다.
 젊은 축이 앞장서서 주섬주섬 뒷정리를 시작했지만, 늙은 축들은 솟구치는 흥을 주체하지 못하고 들썩들썩했다. 덴동어미가 노인들을 탁 트인 풀밭으로 이끌어 신명을 맘껏 풀도록 권했다.
 "자자, 시간이 얼매 안 남었으이께네 금쪽같이 애끼가미 놀아보시더."
 장구를 든 향란이와 꽹과리를 든 취단이 파가 펄쩍펄쩍 뛰어가며 풍물 장단을 넣었다. 가둘댁이 덴동어미를 부추겼다.
 "노래 없이 춤이 되나? 인자 덴동어매가 마무리를 짓게."
 "안 시게주마 못 할따마는 시게주는데 어예 안 할로?"

덴동어미가 춤에 곁들여 노래를 불렀다.

달실댁이 노래하니 우리 마음 좋아라 좋아
화전 놀음 이 자리에 꽃노래가 좋을시고.
단양댁이 이어 하니 우리 마음 더욱 좋아
꽃노래도 하도 하니 우리 다시 할 게 없네.
궂은 맘이 없어지고 착한 맘이 돌아오고
걱정 근심 없어지고 흥취 있게 놀았으니
신선놀음 뉘가 봤나 신선놀음 한 듯하네.
신선놀음 다를쏘냐 신선놀음 이와 같지.
화전 흥이 미진하나 해가 하마 석양일세.
봄날 해가 길다더니 오늘 해는 짧기만 하네.
하느님이 감동하사 사흘 해만 겸해주소.
사흘 해를 겸하여도 하루 해는 마찬가지.
해도 해도 길고 보면 실컷 놀고 가지마는
해도 해도 짧을시고 이내 그만 해가 지네.
산그늘은 물 건너고 까막까치 자러 드네.
각기 귀가하리로다 언제 다시 놀아볼꼬.
꽃 없으면 재미없어 명년삼월 놀아보세.

젊은이들이 치울 것은 치우고 쌀 것은 싸는 사이, 오복이와 수동이가 달구지를 끌고 올라왔다. 안동댁이 선언했다.

 "오늘 하루, 원 없이 잘 놀았네. 명년을 기약하고 올 화전 놀음은 여게서 끝을 냄세. 자, 마카 지 물건 잃가뻬지 마고 얼라 챙기고 늙은네 붙들게."

 향란이와 취단이가 땀에 흠뻑 젖은 앞머리를 쓸어 올렸다. 덴동어미와 노인네들도 숨을 고르고 옷매무새를 다듬었다.

 안동댁은 오복이에게, 오록댁은 수동이에게, 따로 챙겨둔 꽃지짐과 엿을 내밀었다. 오복이와 수동이가 볼이 미어져라 지짐을 씹고 엿을 빨며 솥단지와 그릇 보따리 따위를 달구지에 싣고 밧줄로 동였다.

 "애고, 애고오오오오. 한번 앉았다 일나서는 기 이쿠 힘드이. 어예마 좋을로?"

 안동댁이 한탄했다. 오복이가 냉큼 달려와 안동댁을 뒤에서 안아 올렸다. 수동이가 달구지 앞자리에 놓여 있던 자질구레한 짐들을 잽싸게 치웠다. 오복이가 안동댁을 그 자리에 앉히고는 끌채를 잡았다. 중머슴 오복이의 이마에 힘줄이 불끈 솟았다.

 "어이!"

 수동이가 달구지를 밀며 소리쳤다.

 "어이!"

화
전
귀
로

골내댁이 덴동어미를 붙따랐다.

"보소, 덴동어매요."

"왜? 이적지_{이제껏} 못한 말이 있었나?"

"불각 중에 이런 말씀을 드릴라 그이……."

"불각 중이고 물각 중이고 할 말이 있거든 퍼떡 하게."

"지도요……. 엿장사로 나서고 싶니더. 날이면 날마다 남의 집 빨래해주고 사는 것보다야 천지사방 돌아댕기미 엿장사를 하는 기, 지 성질에는 맞을 거 같으이더."

덴동어미가 잠시 걸음을 멈추고는 골내댁을 물끄러미 바라보았다. 골내댁도 눈길을 피하지 않았다.

"엿장사가 빨래보담 편할 거 같으나? 안 글테이. 빨래야 내 혼자 비비고 뚜디리마 되지마는, 엿장사는 자네 말마따나 천지사방 댕기미 벨벨 인간들을 다 상대해야 되잖나. 내사 늙었으이 이래나 저래나 괘안치마는 자네같이 젊은 여자는 감당을 못할 게래.”

골내댁이 덴동어미의 손을 꽉 붙잡았다.

“내 쫌 살리주소. 이대로는 답답해가 못 살겠니더.”

골내댁의 눈에서 절박한 결기가 번뜩였다. 덴동어미는 얕은 숨을 내쉬며 먼저 시선을 돌렸다.

“장사가 성질에 맞을 거 같으마 장사를 해야지 어예겠노. 골내댁이는 악다받고 호승好勝한 성질이래가 장사를 할라꼬 달려들면, 남들보다 잘했으마 잘했지, 못하지사 안 할따. 하지만 이 너른 세상에 장사가 어데 엿장사뿐이라? 떡장사, 국밥장사, 방물장사, 옷감장사, 자반장사, 별의별 장사가 다 있지. 돌아오는 안동 장날부터 나를 따라 댕기보게. 풍산장도 가보고 노룻골장, 내성장, 풍기장, 의성장, 한 달 육장을 다 댕기보고 장사꾼들도 두루두루 만나보미 장사 눈을 띄우게. 무슨 장사를 할지는 그 담에 결정지우마 되이께네 그쿠 급하기 생각할 일이 없네.”

골내댁이 그제야 빙긋이 웃었다. 덴동어미도 따라 웃으며 말했다.

“글고 이 사람아, 자네같이 젊은 여자가 엿을 팔마 누가 이 늙은

이 엿을 사줄라? 장사를 하더라도 남의 밥그릇은 빼뜰지 말아야지. 자네사 젊다는 기 한밑천 아닌가? 남들 다 하는 장사를 할라 그지 마고 남들 안 하는 장사 중에서 내가 달려들마 잘할 거 같은 장사를 찾아보게."

골내댁이 눈을 끔벅이며 고민하는 사이, 덴동어미가 달구지 쪽으로 앞질러 나아갔다.

행렬 맨 끝에서 생각에 잠겨 꾸무럭거리던 달실댁이 불현듯 덴동어미를 쫓아가 참새 숨을 할딱이며 말했다.

"그저 죽고픈 맘밖에 없던 사람한테 살고 싶은 맘을 주셨으이 내가 뭐라도 보답을 해야겠소. 덴동어매는 하시라도(언제라도) 덴동이 걱정은 붙들어 매소. 내가 덴동이를 친정 조카같이 생각하고 돌봐줄 테이. 내 말 믿고 걱정 붙들어 매소."

덴동어미가 달실댁을 향해 합장하고 허리를 깊이 꺾었다.

"믿고마고요, 믿고마고요. 아씨가 날캉 같이 천한 엿장사한테 무슨 덕을 볼 게라꼬 거짓말을 하실니껴? 지는 믿니더. 태산 같이 믿니더."

달실댁이 우물쭈물하다 입을 뗐다.

"나도 권학대 소문을 듣기는 들었는데, 어예 한번도 그쪽으로는 생각을 몬 했는지. 그저 개가를 하나 안 하나, 세상에 딱 그 두 가지 길밖에 없는 거매이로 그 고민으로 밤을 새우고……"

"지가 엿 팔러 댕기미 들으이요. 요새 그 권학대라 카는 기 풍기 교회서 먹고 자고 하미 여게저게 댕긴다디더."

"풍기교회……"

"말 나온 짐에 내일 아침 잡숫고 바로 가보소."

"……"

"꼭 가보소, 예?"

"……"

덴동어미의 눈빛이 달실댁의 즉답을 재촉했다. 달실댁은, 하아, 긴 한숨을 내쉬고 천천히 고개를 끄덕였다.

안동댁이 단양댁과 무슨 얘기인가를 나누다 달실댁을 불렀다. 달실댁이 잰걸음으로 앞서 나가고, 풍물 짐을 인 향란이 걸음을 늦추어 덴동어미 옆에 섰다.

"덴동어매요. 지도 이날 입때껏 남의집살이로 밥을 먹는 처지라가 까딱하마 죽고 싶은 맘밖에 없었니더. 근데, 오늘 덴동어매 이박 듣고 깨달은 바가 많으이더. 지도 뭐든지 도울 수 있으마 도울 챔이께네 지한테 시겔 거 있거들랑 요만침도 주저 마고 시게 세이."

"고맙네, 고마버. 마음만으로도 고맙네. 이래 고마븐 사람이 숱하이 내가 웃고 살지 쨍그리 붙이고 어예 살로? 향란이 자네도 고만에 웃고 살게나."

"지도 웃으미 살고 싶지요. 허나, 좋은 일이 있어야 웃고 살지, 좋은 일도 없는데 어예 만날 웃고 살니껴? 하늘에 해 뵈는 날 좋은 일이라고는 병아리 눈물만침도 없는 종년의 신세가 헤헤 웃고 살마, 등신等神 축구畜狗 같애 보이기밖에 더할니껴?"

"아이고 풍도 무셔라 허풍도 심해라. 좋은 일이 병아리 눈물만침도 없다꼬? 그런 사람이 아까 풍물 칠 때는 웃기만 잘 웃더라. 입만 웃더나. 온 몸뚱어리가 다 껄끄러 껄껄, 웃더라마는."

"풍물 칠 때는 이런 거 저런 거 다 잊아뿌리이 그렇지요."

덴동어미가 향란의 어깨를 두어 번 토닥거렸다.

"그 맛에 사는 게래. 울 때는 울더라도 울 만침 울고 난 다음에는 또 털털 털어내뿌리고. 사람이 한평생을 살라 그마 등신같이 웃고 사는 수밖에는 없어. 등신 같애 보여도 그게 젤로 사람같이 사는 게래. 이 사람들아, 저거 쫌 보소."

덴동어미의 손가락이 거미줄에 걸린 호랑나비를 가리켰다. 향란과 봄이를 비롯하여 덴동어미 주변에 있던 이들의 눈길이 일제히 덴동어미의 손가락을 따라갔다.

"저거 보래이. 싸워도 안 되고 도망을 쳐도 안 되는 더럽은 넘의 팔자한테 걸리믄 저래 당하는 수밖에는 없는 게래. 내 영감들이 다 그랬잖애. 저 나비매이로 옴짝달싹 못하고 당했잖나. 그네 타다 널찐 이는 널찌고 싶어 널쩠겠나. 역병에 걸린 이는 걸리고 싶어 걸렸겠나. 폭우에 쓸리간 이는 쓸리고 싶어 쓸렸겠나. 불구뎅이에 빠진 이는 빠지고 싶어 빠졌겠나. 그 영감들이 그런 팔자를 고른 기 아니래. 기양 살다 보이께네 저 호랑나비가 거미줄에 걸리듯이 탁 걸려뿌린 게래.

곱든지 더럽든지 어예 된 심판인지 우리는 그래도 안 죽고 살아 있잖애? 어예든지 살아 있으마 산 사람한테는 다 살 구무가 떨피더라꼬. 그래이께 살아 있는 우리는 저 거미즐 같은 더럽은 넘의 팔자한테 등신같이 웃어줘야 되는 게래. 더럽은 넘의 팔자야, 망할 넘의 팔자야, 날 봐라, 날 한번 보라꼬! 니가 암만 날 낚어채가 잡어먹을라 그래도 나는 이래 펄펄 날러갈 챔이래."

덴동어미가 서녘 하늘에 돋아 오른 개밥바라기별을 향해 두 팔로 날갯짓을 했다. 덴동어미의 웃음소리가 비봉산을 넘어 온 사방으로 퍼졌다.

팔자야, 나를 보아라.

살아온 이박 하다가 새삼시리 울기도 울었지마는 울 만침 울고 웃는 웃음은 더 달데.

꿀보다 달데.

어와, 좋구나. 좋다.

이 봄날이 좋고 이 화전 놀음이 좋구나.

좋아서 웃음이 절로 나는구나.

하늘을 봐도 웃음이 나고, 참꽃을 봐도 웃음이 나고, 우리 오막집서 날 기다릴 덴동이를 생각해도 웃음이 나는구나.

봄이는 행렬 맨 뒤로 처져 방금 잠 깬 어린아이처럼 허청허청 걸었다. 봄이는 덴동어미의 웃음소리가 흰나비 떼로 변하는 환시에 사로잡혀 있었다. 흰나비 떼가 거미줄을 떨치고 훨훨 날았다.

다섯 살 적, 부모의 장례식 때 누군가 종종머리에 묶어주었던, 흰나비 같던 하얀 천 조각……. 그날 이후 봄이의 온몸에 새겨져 있던 흰나비 떼들이 훨훨 날아갔다.

흰나비 떼는 흰 빛깔의 둥근 원으로 화했다가 일점一點으로 사라지는 듯싶다가는 이내 보얀 띠를 만들어 봄이를 둘러쌌다. 띠는, 서서히 봄이의 귓속으로 들어가 수만 마리 나나니벌 떼를 토해냈다.

시끄러워, 시끄러워.

봄이는 안동댁을 흉내 내어 체머리를 흔들었다.

어머님, 제 귀에는요……. 제 귀에만 들리는 소리가 있답니다.

머리를 아무리 흔들어도 쫓아내어지지 않는 소리가요.

그건요. 다섯 살 어린 여자아이의 울음소리예요……

아이가 흐느껴요. 아버지가 대고 달라붙는 아이를 떼어냈기 때문이에요. 아버지가 허둥지둥 빈 장독 속으로 들어가요. 어머니가 장독 뚜껑을 덮어줘요. 어머니가 아이 입을 틀어막고 장독대 옆 짚가리 속으로 들어가 숨어요.

뒤이어 일경日警 대여섯이 들이닥쳐요. 부엌, 안방, 건넌방, 헛간, 변소를 두루 수색한 경찰이 입맛을 다시며 마당을 휘 둘러보는 찰나, 까맣고 다리가 많은 벌레가 아이 목덜미를 깨물어요. 아이가, 몸부림을 치며 비명을 질러요. 어머니가 아이 입을 더 세게 틀어막아요. 하지만 경찰이 짚더미를 들추어 어머니와 아이를 끌어내요. 경찰의 군홧발에 까이고 소총 개머리판에 얻어맞아 피를 철철 흘리면서도 어머니는 입을 열지 않아요. 일경 둘이 어머니를 끌고 헛간으로 들어가요.

아이는 불에 덴 듯 울어요. 우는 아이의 눈길이 헛간과 장독대를 번차례로 오가요. 일경 셋이서 소리 없이 눈알을 굴리다 별안간 장독대를 깨부수기 시작해요. 아이는 불에 덴 듯, 불에 덴 듯, 울다가 숨이 꼴깍꼴깍 넘어가요. 와장창, 와장창, 장독이 깨지고 장이 쏟아지고 김칫국물이 튀어요. 아버지가 개구리처럼 튀어나와 한 일경의 목통을 움켜잡아요. 그 아버지의 등에 다른 일경의 칼이 꽂혀요.

그리고 총소리, 총소리, 총소리.

어머니가 너덜너덜해진 옷차림으로 헛간에서 끌려나와요. 아이가 악을 쓰며 어머니 품으로 달려들어요. 어머니가 아이를 밀쳐내요. 아이는 눈앞이 깜깜해져서, 오직 어머니밖에 보이지 않아서, 온몸으로 울며불며 어머니한테로 달려가요. 하지만 어머니 역시도 온몸으로 아이를 밀어내요.

총소리, 총소리.

어머니 배에서 쏟아지는 피, 피.

어머니의 옥색 치마저고리에 뭉클뭉클 피어나던 붉은 꽃송이들.

아이는 너무 울어, 밤낮으로 울어, 나중에는 소리도 내지 못해요. 거친 쇳소리만 꺼억, 끄으윽.

아이 귀에 목소리들이 들려요.

부모 잡아먹은 가시내!

집안 말아먹은 년!

이 세상에 나지 말았어야 할 년이 생겨나가지고 제 부모 홀랑 잡아먹고 집안 말아먹고……. 재수 없는 년!

크면 서방 잡아먹을 년! 차라리 일찌감치 뒈지거라.

그때 덴동어미가 또 한바탕 웃기 시작했다. 뭐가 그리 우스운지 네 활개를 치고 크게도 웃어댔다.

나나니벌 떼가 물러나고 흰나비 떼가 다시금 거미줄을 떨치고 휘얼훨, 휘얼훨, 날아갔다. 흰나비 떼를 품은 검푸르죽죽한 하늘이 칼 맞고 총 맞은 아버지의 눈동자처럼 봄이를 우두망찰● 내려다보았다. 봄이는 심장이 옥죄여 걸음을 멈추었다.

아버지, 죄송해요. 제가 우는 바람에…….

아버지가 눈을 끔벅이자, 이번에는 어머니의 눈동자가 봄이를 응시했다.

어머니, 죄송해요. 그때 제가 울지만 않았더라도…….

어머니의 눈동자가, 덴동어미의 목소리를 빌려, 말했다.

어예다 보이께네 거미줄에 걸리듯이 기양 탁 걸리뿌린 게지, 그기 어예 니 잘못이로? 니 잘못, 아니래. 그때 내가 니를 밀친 거는, 니가 울었다꼬 미버가(미워서) 그랜 기 아니고, 내 품에 앵깄다가 한꾼에 죽으까봐 그랬어. 멀리 피해라꼬, 퍼떡 멀리 피해라꼬, 우리 귀한 딸이라도 살으라꼬, 어예든지 살아남으라꼬, 그래 밀친 게래.

● 정신이 얼떨떨하여 어찌할 바를 모르는 모양.

덴동어미가 비봉산 들머리까지 마중 나온 아들, 덴동이를 끌어안고 볼을 쓱쓱 비볐다. 덴동이는 어미의 어깨 너머로 봄이를 바라보았다. 훤한 아침나절에는 감히 눈도 못 마주쳤지만, 지금은 어둠의 힘을 빌려 욕심껏 보고 또 보았다.

봄이도 덴동이를 마주보았다.

봐, 실컷 봐.

너는 불귀신한테 몸을 데였지만, 난 마음을 데였단다. 불에 데어, 울퉁불퉁, 얼룩덜룩, 오그라들고 뻐드러진 내 마음이 보이니?

"덴동어매, 인자 덴동이 걱정은 하지 마세이."

달실댁이 다시 한번 확인하자, 덴동어미가 수없이 머리를 조아렸다.

"안 할게시더. 안 하고마고요."

달실댁이, 달구지 앞으로 다가가 안동댁을 향해 고개를 깊숙이 숙이고 인사했다.

"아지매요, 한 톨 먼지매이로 방구석에 틀어백히 있는 사람을 불러내주신 덕분에 오늘 하루, 잘 놀았니더. 다시 태어난 기분이시더. 고맙니더."

안동댁의 입가에 흐뭇한 미소가 피어올랐다.

"자네가 그래 말을 해주이 내가 더 고맙네, 이 사람아. 오랜만에 바람을 쏘이가 많이 되지? 얼른 드가가 푹 쉬게, 으이?"

덴동어미는 덴동이 어깨를 싸안고 거적문 안으로 들어섰고, 행렬은 구불텅구불텅 앞으로 나아갔다. 달실댁은 남동할매를 먼저 대문 안으로 들여보낸 뒤, 길섶에 서서 두루두루 인사하고 뒤돌아섰다.

그때, 솜털처럼 보드라운 무언가가 달실댁의 손끝에 닿았다.

"······?"

봄이의 손가락이었다.

봄이 애기가 왜? 무슨 일 있나?

달실댁이 눈빛으로 물었다. 봄이가 오른손으로 제 앙가슴을 통통 두드리다 달실댁의 어깨에 제 머리통을 얹었다.

무슨 말을 하고 싶은 게로?

달실댁이 미간을 찌푸리며 양손으로 봄이의 어깨를 붙들고 봄이의 눈동자를 한참, 들여다보았다.

그 눈동자가 시나브로 젖어들었다. 달실댁은, 불현듯 명치끝이 뻐근하니 아려, 왼손으로 젖가슴 아래께를 지그시 눌렀다. 봄이가 달실댁의 손을 잡아끌어, 제 왼쪽 가슴 아래에 갖다 댔다. 달실댁은 흠칫, 놀라며 눈썹을 떨었다. 손바닥에, 햇병아리나 새끼 괭이를 품었을 때처럼, 안쓰럽고 가엽고 어여쁘고 여린 생명의 박동이느껴졌다.

이윽고 봄이가, 집게손가락을 세워, 달실댁의 손바닥에, 썼다.

날, 데, 려, 가, 소.

아아, 달실댁이 감탄사를 터뜨렸다. 달실댁도 봄이의 손바닥에 다 썼다.

같, 이, 공, 부, 하, 러.

봄이가 열 번이고 스무 번이고 고개를 끄덕였다.

후우…….

달실댁은 깊은 한숨을 토해냈다.

하루 잘 놀았다꼬 제 몸 하나 건사 못하는 주제꼴에 덴동이를 돌봐주겠다꼬 나섰디이, 인자 봄이꺼정……. 다리 저는 동상에, 말 못하는 동상이라……. 뽀돗이_{빈틈 없이} 한 짐 지고 나니, 또 커단한 짐 덩거리 한 개가 지도 짊어지라꼬 달기드는 짝일세…….

고개를 돌려보니, 우물가 버드나무 우듬지에 노르스름한 초사흘 달이 걸려 있었다.

그래도 두 동상 덕분에 저 눈썹달만침은 앞길이 븨는 거 같으네. 공부를 하마 무슨 공부를 할지 깜깜절벽이랬디이. 그래, 어예 보마 두 동상 덕에 내가 살게 될지도 몰래. 두 짐 덩거리가 내 손을 한 짝씩 붙들고 나를 이승에다 묶어둘지도 몰래. 나는 그동안 너무 헤

깝으가 가벼워서 까딱 한번 맘 잘못 먹으마 바로 하늘로 날아올라갈 사람이랬잖나.

달실댁은, 봄이의 젖은 눈망울로 시선을 돌렸다.

그래, 나를 붙들어 다오. 봄이 애기야, 애기가 나를 붙들어 다오. 내가 당장 낼 아침에 풍기교회를 찾아갈 맘을 내도록, 낯선 사람들하고 말 섞을 용기를 내도록, 내키지 않는 재취 시집에다 내 팔자를 떠맡기지 말도록, 내가 내 팔자를 밀고 나가도록.

달실댁은, 끄덕끄덕, 끄덕끄덕, 봄이의 눈망울이 기쁨과 안도감으로 환히 빛날 때까지, 오래도록 고개를 끄덕거렸다.

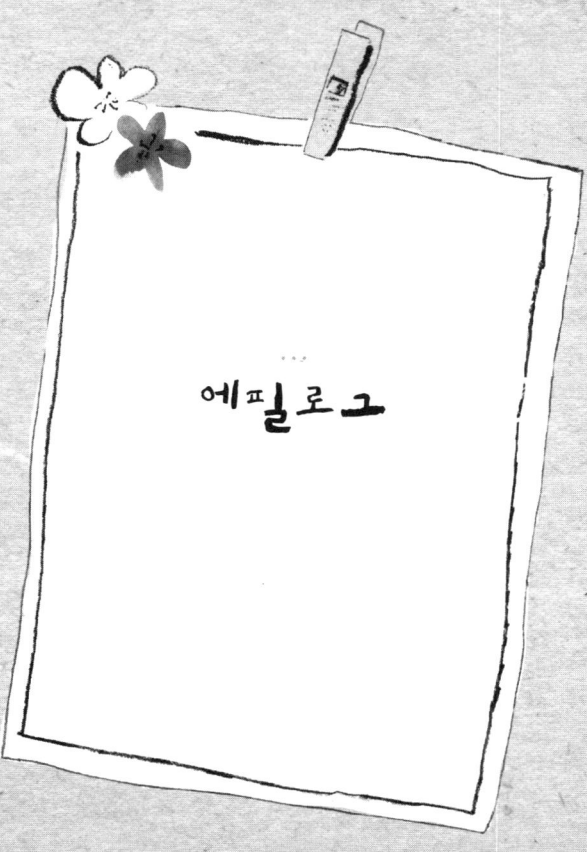

화전회상

∴30년 후

휴전 이듬해 3월.

순흥 읍내리, '봄날 전통과자점'.

희끗희끗한 머리털을 들어 올린 봄이는, 점방 책상 앞에 앉아 장부 정리에 골똘했다. 점방에 딸린 조리실에서는 덴동이가 커다란 가마솥에다 찹쌀 조청을 끓이면서 부뚜막에 올려놓은 라디오 소리에 귀를 기울이고 있었다. 덴동이는 이제나저제나 포로 교환에 관한 뉴스가 나올까 기다리는데, 라디오에서는 시답잖은 가수들이 부르는 시답잖은 노래들을 끝없이 틀어주었다. 거제도 포로수용소에서 근무하고 있다고 편지를 보내온 후 소식이 끊겨버린 아들 때문에 덴동이는 '포로'의 '포' 자만 들어도 귀를 쫑긋했다.

"거제도에 포로들이 마, 바글바글하다 그더마는, 그 포로들을 다 어예 해놔야 우리 아아이가 돌아올 모양이래."

덴동이는 젓개를 채반에 걸쳐놓고 모약과를 반듯반듯 네모지게 썰었다.

"썩을 넘들, 난리가 끝났으마 쎄기쎄기빨리빨리 보내줄 일이지, 무슨 지랄로 우리 아를 안죽꺼정 붙들고 있노 말이래. 난리 났다꼬 군인 뽑아 갈 때도 아들 쎘기많이 있는 집은 못 본 체하고 우리 외아들을 기연시리기어이 끌고 갔잖나. 그랬으마 인자 포로수용소 간수 같은 일은 난리 때 군인 면했던 집에서 나서가 해줘야 될 거 아니래. 그런 집 아덜은 난리 끝났다꼬 술집으로 색싯집으로 몰리댕기미 노는 데 정신이 없다 그더마는……."

한숨이 절로 났다. 다시금 설렁설렁 엿물을 저어놓은 뒤, 덴동이는 약과 한 조각을 집어 들고 점방으로 갔다. 그리고 봄이 옆 보조 의자에 앉아, 약과 하나를 반절하여 아내의 입에 넣어주고 제 입에도 넣었다.

"남의 집 아덜은 잘도잘도 오더마는, 우리 아는 왜 작년에도 안 오고 올해도 안 오노. 언제 올라꼬 이쿠 뜸을 딜이쌓노."

봄이가 덴동이의 장딴지를 살짝 때리며 수화로 말했다.

불길한 얘기는 하지도 말아요. 올해도 안 오다니요? 이제 겨우 음력 2월인 걸요.

약과를 꿀꺽 삼킨 봄이가 또 수화를 했다.

내죽리 안씨네 작은딸 이바지 엿 말이에요. 시가(媤家)가 까다롭기 짝이 없는 집안이래요. 흠 잡히지 않도록 모양이나 맛이나 각별히 신경 써 달랍디다.

"걱정 붙들어 매소. 아이쿠, 엿물 눋겠네."

덴동이가 잰걸음으로 조리실을 향했다. 어릴 적처럼 심하게 절지는 않았다. 화상 흉터도 많이 옅어졌다.

봄이는 남편이 벌떡 일어서는 사품에 곧 쓰러질 듯 좌우로 덜렁거리는 보조의자를 물끄러미 바라보았다. 아들을 그리는 봄이의 마음이 시방 그렇게 덜렁거렸다. 때 되면 어련히 올까 차분히 기다리자 싶을 때는 일에 몰두할 수 있지만, 어떤 계기로든 불안을 느끼기 시작하면 매가리가 풀려 앉은자리에서 옴짝달싹하지 못했다. 몸은 움직이지 못하는데 마음은 그렇게 의자처럼 쓰러질 듯 쓰러질 듯 덜렁거리니, 그 마음이 가라앉을 때까지 국으로 가만히 있는 수밖에는 없었다.

아들은 사범학교 졸업을 한 학기 앞두고 징집됐다. 아이들을 가르칠 꿈에 부풀어 있던 예비교사의 손에는 분필 대신 소총이 쥐어졌다. 욕심 없고 해맑은 심성에 행동거지가 느려 터져서, 전쟁터에서 공을 세우기는커녕 안 죽고 돌아만 와주기를 밤낮으로 비손한 아들이었다. 그 지극한 비손 덕인지 어찌어찌 목숨은 잃지 않았으나, 남들처럼 수월히 제대를 하지 못하고 아직도 난리통을 맴도는 아들. 더러 소식이라도 보내올 때는 그 몇 자에 의지하여 불안감을 삭였건만, 무슨 연유로 편지조차 끊었는지 속사정을 알 길 없어 요즈막은 외려 전시戰時 때보다 불안증이 더 심해졌다.

득, 드르륵.

점방 미닫이문이 열렸다. 꽈당, 보조의자가 기어코 쓰러졌다.

점방 안으로 검푸른 군복 그림자가 들어섰다. 군복이 모자를 벗었다.

여보, 여보, 왔어요. 우리 민형이가 돌아왔어요.

봄이가 자리를 박차고 일어났다. 책상 다리에 무릎을 세게 부딪쳤지만, 아픈 줄도 몰랐다.

몸은 돌아왔으나 정신은 두고 온 듯, 조민형은 방 밖으로 나오지를 않고 말도 하지 않았다. 누에 채반의 누에처럼 오로지 먹고 자는 일에만 집중했다. 먹고 자고 먹고 자고 먹고 자다 때때로 흐느꼈다. 흐느끼다 잠이나 들면 다행인데, 어쩌다 울음 끝이 길어지면 열이 끓어 몸져누울 때까지 울곤 했다.

아들아, 아들아, 도대체 무슨 일을 겪고 무슨 짓을 당했느

냐…….

봄이는 부엌 아궁이 앞에 퍼더버리고 앉아 애꿎은 가슴팍만 피멍이 들도록 두드렸다. 마른 장작을 가져다주러 부엌에 들른 덴동이가 봄이 옆에 쭈그리고 앉았다. 덴동이가 성한 오른손으로 봄이의 손을 감싸 쥐고는 오그라든 왼손으로 봄이의 등을 쓸었다.

봄이가 남편의 손을 뿌리치며 수화로 말했다.

답답해요. 답답해 죽겠어요. 어떻게 좀 해봐요. 어미가 말을 못하면 아비라도 나서야지요. 애기를 좀 해봐요. 무슨 일인지 알아야 굿을 하든지 병원을 가든지 할 거 아닌가요.

덴동이가 마른 코를 팽 풀고는 대답했다.

"가마 놔뚜소. 벌개이(벌레) 한 마리 못 죽이던 아가 전쟁터에서 군인질을 할라 그마 제정신으로 살았겠소. 인자 다시 태어날라꼬 지 딴에도 죽을힘으로 애를 씨는 길이라. 우리는 그저 입도 떼지 마고 눈살도 찌푸리지 마고 가마이 내삐리 두고 먹는 기나 잘해 믹이고 방이나 뜨뜻하이 해줍시다. 잠도 잠도 자다 토마 고마 자고 싶을 때가 올 게래. 그때 되마 지 발로 걸어나올 챔이……."

그러게. 당신 말이 맞아요. 저 아이가 우리와 한 지붕 아래서 숨 쉬고 밥 먹고 잠자기를, 오직 그것만을 바라며 찬 새벽에, 어둔 밤에 울며 비손하던 시절도 있었거늘…….

봄이가 덴동이의 조막손을 찾아 손바닥에다 썼다.

화, 전, 책, 갓, 다, 주, 오.

여러 번 이사를 하고 난리를 겪으면서 덴동이는 그 두루마리를 향나무 상자에 밀봉하여 옛 오두막집 근처 바위 밑에 묻어두었다. 처음에는 종이에다 썼던 것을, 봄이가 흰 비단에다 깨알 같은 글씨로 옮겨 쓴 필사본이었다. 초벌은 집에 두고 두벌은 묻었는데, 두벌만 남았다. 종이는 불에 타 재가 되고 초벌은 이삿짐과 함께 잃어버렸다.

덴동이가 고개를 끄덕였다.

저녁 어스름이 깔리는 거리에 봄비마저 한두 방울씩 듣기 시작했지만, 덴동이는 비봉산 쪽으로 고대 걸음을 옮겼다.

향나무 냄새와 흙냄새가 코를 찔렀다. 흰빛이 누르끄름하니 퇴색하기도 했다. 그러면 좀 어떠하랴. 그 속에 담은 이야기가 고스란한 걸.

봄이는 두 번 세 번 읽으며 그날의 화전 추억을 되살렸다. 그러고 나자 비단 끄트머리의 꽤나 넓은 여백이 눈에 들어왔다.

봄이는 조심스레 일어나서 연적을 찾고 먹을 갈았다. 남편이 코고는 소리가 먼 나라에서 들려오는 듯했다.

이십 년 만에 가필합니다.

돌아가시기 직전, 어머님께서는 이렇게 말씀하셨습니다.
"아이고, 오늘 하루, 원 없이 잘 놀았다이. 서산에 지는 해를 어여 붙들로. 명년 춘삼월을 기약함세."

저는 오늘까지도 그 말씀을 잊지 못 한답니다. 인생이 길다 한들, 그 시작하고 끝맺음은 하루와 다르지 않은 게지요. 어머님께서 인생처럼 품고 가신 그 하루가 어머님께서 즐기신 마지막 화전 놀음이어서, 저는 그나마 다행이라고 생각했습니다. 이후에 일어난 슬픈 일들을 되새기면 더더구나 그러합니다.

그 화전 놀음이 있은 해 겨울에 어머님께서는 본정신을 놓치셨습니다. 그토록 어여삐 여기시던 자부子婦를 학대하시고 손자도 몰라보시고 평생 아니하시던 식탐으로 세월을 탕진하셨습니다. 그러니 명년 춘삼월이야 해마다 다시 왔지만, 춘래불사춘春來不似春, 꽃도 계절도 알지 못하셨답니다. 저야 달실 형님 따라 서울 공부를 가 있었으니 어린 홍수를 데리고 형님 혼자 무진 애를 먹었답니다.

하지만 어머님, 오해하지 마시어요. 형님이 마음을 삐뚜로 먹고 삶을 접은 것은 결코 어머님 탓이 아니랍니다. 어머님께서 지나치게 사랑하셨던 아들, 제가 오라버니라고 불러야 했던 사람, 그리고 형님이 순정을 다 바쳐 오로지했던 지아비……. 그 난봉꾼 탓이지요. 그 사람이 집이고 땅이고 가산을 다 잡혀 먹으며 미친 듯 오입질을 해대다 마침내 독립운동 명분을 대며 만주 어딘가로 종적을 감춰버린 것입니다.

살 집이라도 남겨두었더라면 여리디 여린 형님이 그리 독한 마음을 내었을까요……. 사람이 생목숨을 끊으려면 눈에 무엇이 쓰이든지 보이는 게 없든지 해야 한다고들 하셨지요. 형님도 그랬던 것 같습니다. 지아비한테 버림받고 서울 노름꾼한테 넘어간 집에서 맨몸으로 쫓겨날 처지에 이르니, 눈앞이 캄캄, 죽는 길 말고는 다른 길을 찾을 수 없었던 것입니다.

만약 그해 봄에도 우리가 다함께 비봉산으로 화전을 가서 춤추고 노래하고 덴동어미의 이야기를 들었다면……. 그랬다면……. 우리 형님도 달실 형님처럼 눈을 크게 뜨고 새로운 삶의 길을 찾았을까요. 모를 일입니다.

달실 형님은 굳은 의지로 공부에 매진하여 제생원濟生院 농아부에서 교편을 잡았습니다. 저도 보조 교원을 하면서 공부를 계속했고요. 하지만 형님이 그리되고 어머님과 홍수가 덴동어미의 오두막집에서 기식한다는 소식을 받고 나니, 저는 고심참담, 눈물 흘리며 귀향할 수밖에 없었습니다. 말 못하는 스무 살 처자의 몸으로 무엇을

하여 병든 어머님과 어린 조카아이를 부양할까 생각하면 그저 돌아가신 형님이 원망스러울 따름이었습니다.

그 좁은 오두막집에서 두 집 식구가 대책 없이 바글거리고 있을 때, 달실 형님이 돈을 좀 만들어서 내려왔습니다. 그 돈으로 오두막 옆에다 작으나마 단정한 초가 한 채를 짓고 어머님을 모셨지요. 호구는 덴동어미를 도와 엿 고는 일로 마련했습니다. 그리 살다보니 자연히 그집 아들과 정이 들었습니다. 어머님께서 심성 곱다고 자주 칭찬하시던 그 덴동이가 저에게 이런 말로 청혼을 하더군요.

"어릴 적부터 흠모의 정이 컸소. 이웃해 살아보니 더 좋구려. 더 기다린들 달리 바라볼 데도 없는 노총각, 노처녀 아니오. 우리 두 사람이 서로를 구해준다 생각하고 그만 한 식구 되어 두 어머님을 모시고 어린 조카를 키웁시다."

이제부터는 덴동어미를 시어머님이라 부르겠습니다.

이듬해에 민형이가 태어나자 시어머님께서 어찌나, 어찌나, 좋아하시던지, 제 마음도 세상없이 크고 훌륭한 일을 해낸 사람처럼 뿌듯했답니다. 돌이켜보면 몸은 고단했어도 마음이 그리 고단하지는 않은 세월이었습니다. 엿을 고아 호구를 잇고 두 노인을 봉양하고 두 사내아이를 키우느라 내외지간 싸움 한번 해볼 여가가 없었지요.

홍수만 그릇되지 않았어도 저승에서 어머님이나 형님을 만날 일이 이토록 두렵지는 않았을 텐데요. 홍수 이야기를 하자니 낯을 들 수 없습니다.

　만주 갔던 홍수아비가 돌아와 홍수를 데려가겠다고 뻗대며 우리 집에 며칠 눌러앉은 것이 결국 사달이 났답니다. 제 아비 얼굴 보기 싫다고 집을 뛰쳐나간 홍수가 객쩍은 혈기로 동무들 무리에 휩쓸리다 원수 일제日帝의 군대에 자원해버린 것입니다. 제 아비한테 반항하는 마음이 아무리 컸어도 그건 아니지요⋯⋯. 어찌 그리 얼토당토않은 방향으로 삶의 키를 돌릴 수 있답니까⋯⋯.

　너무 부끄럽고 원통하여 한동안 홍수라는 이름을 입에 올리지도 않았습니다마는, 제 마음속에서 언제나 어미 잃은 아기 새 모양으로 파닥거리는 조카를 제가 어찌 지울 수 있겠습니까. 평소에는 손자 얼굴도 못 알아보시던 어머님께서, 희한한 일이지요, 손자가 없어진 뒤로 문득문득 홍수야, 홍수야, 외시던 모습도 제 가슴에 돌덩이로 얹혀 있답니다. 어머님께서는 그예 홍수 얼굴을 다시 못 보시고 이승의 모든 인연과 영이별을 하셨습니다.

　그해는 액운이 어찌 그리도 끊이지 않던지요. 집에 불이 나서 초가집과 오두막 두 채를 홀랑 태워 먹었는데, 그 충격으로 시어머님마저 중풍을 맞으시어 수족을 쓰지 못하셨습니다. 저는 순흥 땅이 싫어졌습니다. 그래, 남편과 상의하여 달실 형님을 바라보고 서울로

이사를 갔더랬지요.

  그 시절 달실 형님은 제생원에 나들던 의사와 재혼하여 아들도 낳고 딸도 낳고 유복한 살림을 살고 있었습니다. 달실 형님은 저희 일가를 환대했고 꽤 너른 행랑채를 내주었습니다. 하지만 거기서도 이태를 못 살고 귀향했지요. 그것은 달실 형님 탓이 아니라 민형아비가 서울살이에 적응을 못했기 때문입니다. 순흥에서야 민형아비를 모르는 사람이 없었으니 새삼스레 화상 흉터를 보고 놀라거나 싫어하는 기색을 보이는 일이 없었지 않습니까. 하지만 서울 사람들은 다르더군요. 더구나 그 사람들이 대개 병원을 출입하는 환자들이다 보니 병원 허드렛일을 도맡아하던 민형아비로선 눈치가 보이고 신경이 곤두설 수밖에 없었겠지요. 그래도 시어머님 살아생전에는 어떻게든 서울살이를 이겨내려 애쓰던 민형아비가 시어머님 가신 뒤에는 맥을 놓고 술만 마시더군요. 저는 달실 형님 주선으로 제생원에 일자리를 얻어 그런대로 만족스러웠으나, 하루가 다르게 여위어가는 민형아비를 못 본 체할 수 없었습니다. 때마침 꿈에 그리던 일제패망과 조국해방을 맞고 보니, 홍수가 순흥으로 돌아와서 우리 식구를 찾을지도 모른단 생각에 마음이 급해지기도 했고요.

  그러나 어머님, 어머님께서 세상없이 귀애하시던 손자 홍수는, 열일곱에 집 떠난 후, 여태껏 소식 한 자 없습니다. 죽었다고는 생각하지 않습니다. 우리나라 땅에 없다면 저 남방의 이국이든 북방의 먼 나라든 어딘가에 우리 홍수가 살아 있을 거라 믿습니다. 어디서든 우리 홍수가 배곯지 않고 제 인생을 힘껏 밀고 나가라 기원하며 밥 한 그릇 따로 떠 아랫목에 묻어두는 게 오늘에까지 이어지는 제 일과랍니다.

순흥 읍내리에 집을 사서 점방을 낼 때도 달실 형님이 크게 도와주셨습니다. 형님은 안 갚아도 된다고 하셨지만, 어찌 매번 그럴 수 있나요. 다행히 민형아비가 술을 끊고 성실히 일한 덕에 해마다 조금씩 갚아 나가고 있습니다. 난리 때는 그집 식솔들이 우리 집으로 피난을 와서 저희 내외가 제법 보은을 하기도 했답니다.

어머님께서 우리 민형이 얼굴을 기억하실는지······. 시어머님 말씀으로는 제 아비 이목구비를 빼다 박았다는군요. 순하고 착실한 아이랍니다. 제가 포태胞胎는 네 번을 했으나 다 잃고 겨우 민형이 하나, 살렸습니다. 난리 나던 해 팔월에 그 아이가 징집된 다음부터는 민형이 밥도 홍수 밥그릇 옆에 나란히 묻었지요.

민형이마저 돌아오지 않을까 애간장 말린 것을 생각하면, 아이가 몸 성히 제 품에 돌아온 것만 해도 천지신명께 감사드리고 또 감사드릴 일입니다. 하지만 인심이 본디 간사한지라, 아이가 저리 혼이 나간 사람처럼 드러누워 실어失語하고 있으니 원통하고 속상한 마음

또한 주체할 수 없습니다.

제 방에서 죽은 듯 누워만 있는 제 아들. 그의 혼은 지금 어느 산 어느 골짝을 헤매고 있을까요. 어느 주검들의 무덤가에서 시취戶臭를 맡고 있을까요. 아니면 어느 감옥의 수인 되어 갇혀 있을까요. 미욱한 어미는 짐작도 하지 못합니다.

어머님께 바라옵나니, 행여 명계冥界의 눈에 그 아이의 방황하는 혼령이 보이거들랑 달래고 위로하여 아이의 몸으로 돌려보내주소서. 혹 시어머님을 만나시거든 부탁드려주소서. 눈에 넣어도 안 아플 것처럼 귀애하시던 손자가 지금 많이 아프니, 당신의 약손으로 그 아이의 혼령을 위무해주십사……

1937년 여름, 달실 형님의 편지를 받았던 날의 기억이 문득 떠오릅니다.

모월 모일에 삼중고三重苦를 극복한 20세기의 기적, 헬렌 켈러 여사가 우리 제생원을 방문했다네! 자네가 함께했더라면 얼마나 좋았을고. 여사의 사진과 자서전을 동봉하니 필생의 사표師表로 삼으시게.

비록 그 사진은 불타버렸지만, 저는 사진 뒷면에 적혀 있던 여사의 명언을 똑똑히 외고 있답니다.

"이 세상이 비록 고통으로 가득하다 해도, 그것을 극복하는 힘 역시 온 세상에 가득합니다."

고통을 마주 보되 애오라지 고통만을 보아서는 아니 될 일임을, 오늘 다시 깨닫습니다. 온 세상에 가득하다는 그 힘, 고통을 극복한다는 그 힘으로도 애써, 애써, 눈길을 주어야겠습니다.

덴동이가 갱엿 한 단지를 안고 들어왔다. 봄이는 화로 위에 물이 뚝뚝 듣는 무명 보자기를 깔았다.

내죽리 안씨네가 또 왔다 갔어요. 사돈네 입막음을 잘해야 하니까 남들 두 배로 공을 들여 달래요.

"거참, 딱한 양반일세. 여서 두 배로 공을 딜이마 엿도 부아가 나가 다부 조청이 돼뿌릴따. 공도 딱 딜일 만침만 딜이야지 무조건 많이 딜인다꼬 좋은 기 아니래. 쯧쯧."

우리는 딸이 없어서 딸 시집보내는 부모 마음을 모르는 게지요.

"하기는 그렇소. 그만침 키와가 남의 집에 여울라 시집보내려 그마 그 심정이 오죽할라."

덴동이가 갱엿을 길쭉하니 뜯어내어 한쪽 끝을 봄이에게 주었다. 두 사람은 후끈후끈한 습기가 올라오는 화롯불을 사이에 두고 갱엿을 거듭 미당겼다. 시나브로 엿이 부풀었다. 색깔도 짙은 오줌 빛깔이던 것이 먹음직스레 희어졌다.

"밥 찌고 감주 만들어 삭쿠고 조청 꼬고 다 혼자 해도 엿 늘쿠는 거는 내 혼자 못하이, 부디 임자가 오래 사소."

만날 그 소리, 했던 얘기 또 하고 또 하고.

봄이가 퉁을 주었다.

덴동이가 앉은 채로 움찔움찔 물러나 방문을 열었다. 차가운 봄

바람이 화로의 열기를 식혔다.

"이 문 열었다 닫았다 하는 심바람_{심부름}은, 첫돌 지내고 쩔뚝쩔뚝 걸어댕길 때부텀 내 몫이랬지. 어매하고 놉_{품 파는} 아지매하고 둘이 밀고 땡기고 밀고 땡기고 하다보마 새중간에 일나서기 귀찮거든. 나는 뭐, 엿쟁이가 될라 그는 팔자래가 그랬는지, 딴 심바람은 안 하고 뻗대도 엿 심바람은 시게마 시게는 대로 그쿠 말을 잘 들었다 그래. 덴동아, 문 열어라, 말 떨어지기 무섭그러 제꺽 열고, 덴동아, 인자 문 닫어라, 그마 또 제꺽 닫고."

나는 이 엿가락이 무슨 생물처럼 찬바람에 움츠러들었다가 화로 열기에 늘어났다가 하면서 구멍이 숭숭 뚫리고 맛이 좋아지는 게, 언제 봐도 신기해요.

"나는 인자 그런 거는 벨로 안 신기하고 우리 점심을 뭘 먹을 요량인지 그기 젤 궁금하오."

딱한 양반 같으니라고. 안씨네 딱하다고 뭐랄 거 없네요. 대체 아침 먹은 지 얼마나 됐다고 벌써 점심 타령이랍니까.

봄이가 웃으며 일어섰다.

문 닫는 건 내가 하지요.

문가로 간 봄이가 문고리를 쥔 채 무르춤했다.

민형이 볕받이 툇마루에 앉아 비봉산을 바라보고 있었다. 봄이는 저도 모르게 문지방을 넘어 고무신을 꿰었다.

아들이 눈을 가늘게 뜨고 들릴 듯 말 듯 말했다.

"어매, 날도 좋은데 화전 가시더."

봄이가 귀를 쫑긋 세웠다.

화전 가자고? 방금 화전 가자고 말했니?

바람은 차도 햇살이 제법 도톰했다. 이제 해가 중천에 솟으면 천지는 더욱 따뜻이 데워질 터였다.

"그래, 그래, 화전 가자. 여보 임자, 화전 갑시다. 화전 놀음은 본데 여자 놀음이라 그지마는, 인자 여자 남자 그쿠 따지쌓는 세상이 아니잖소. 남자들도 어울래가 화전 놀음 함 놀아봅시다."

어느새 따라 나온 덴동이가 부산을 떨었다.

그러고 보니 건너편 비봉산 자락이 연붉은 너울이라도 덮어쓴 듯, 진달래꽃 빛으로 가득했다.

에구머니, 내가 눈 뜬 소경일세. 참꽃 저리 활짝 핀 걸, 어찌 여태 몰랐을까.

봄이의 두 뺨이 진달래꽃 빛으로 물들었다.

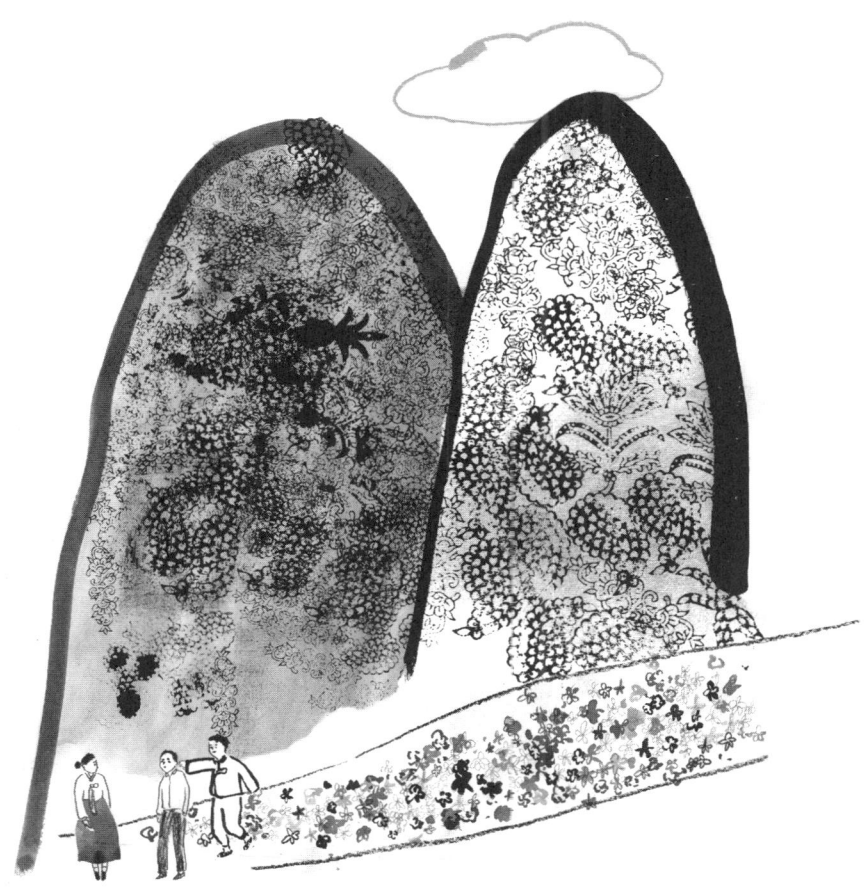

작가의 말

오늘도 사는 게 힘든,

당신께.

이 소설의 모태는 《소백산대관록》이라는 필사본 시가집에 실린 작자 미상의 〈화전가〉입니다. 여느 화전가와 달리 덴동어미라는 인물의 성격과 이야기가 뚜렷이 살아 있어 〈덴동어미화전가〉라는 별칭으로 더 유명하지요. 그렇다고《구운몽》이나《한중록》만큼 유명한 건 아니고요. 그저 아는 사람만 아는 정도?

저 역시나 10여 년 전 대학원 박사과정을 밟으면서 덴동어미를 처음 만났답니다. 그전에는 이름도 들어본 적이 없었어요. 그런데 웬일인지, 이 덴동어미란 사람, 조금도 낯설지가 않은 거예요. 콕

집어내 어머니랄 수는 없는 어떤 어머니, 그 어머니의 어머니, 그 어머니의 어머니의 어머니……. 일백 번 고쳐 죽어 백골이 진토 된 지도 오래건만 고향집에도 이웃집에도 심지어 우리 가슴속에도 살아 있는 그런 어머니라고 하면, 감이 좀 잡힐는지요?

글자로 기록된 시가를 읽는 수업시간에, 저는 그 사람 육성을 들었어요. 고난과 세월에 단련된 시원스런 탁성, 언제 들어도 미덥고 안심이 되는 그런 음성, 있잖아요.

큼큼, 그 사람 냄새도 맡았어요. 피, 젖, 땀, 눈물, 숭늉, 쌀미음 같은 액체에서 공통적으로 나는 옅은 물비린내랄까요. 어머니 자궁에서 밀려난 순간부터 언제나 그리워한 양수羊水 냄새랄까요.

음, 돌이켜보면, 이런 생각이 들어요. 10여 년 전 그 시절, 죽을 둥 살 둥 두 아이 키우고 공부하며 글 쓰다 문득문득 다 놓아버리고 한 점 티끌이 되고 싶단 충동에 울컥하던 그 시절, 내가 오래된 어머니를 불렀구나, 간절히 초혼했구나…….

그 다음부터 저는 사는 일에 너무 지쳤다 싶을 때마다 옛 책을 들추어 덴동어미의 말을 곱씹는 버릇이 생겼답니다. 왜, 살다보면 더러 그런 때가 있잖아요.

소금밭에 한 번 굴렸다 집어넣은 듯 눈알이 가리고 뻑뻑할 때.

온몸의 뼈마디란 뼈마디는 죄다 매가리가 풀려서 아무 일도 할 수가 없을 때.

하늘과 땅이 딱 붙어버려서 인간이란 종자가 아주 바짝 말린 오징어 짝 나버렸으면 싶을 때.

피곤에 겨워, 운전한다는 의식조차 없이, 관성적으로 가속기를 밟았다 브레이크를 밟았다 하는, 무지 막히는 퇴근길의 자동차 계기판에서 문득 '기름 없음' 표시가 깜빡거리고 있음을 발견했을 때.

삶이 그렇듯 소진消盡 직전에 있을 때.

그럴 때.

> 호강사리 제팔자요 고생사리 제팔자라
> 남의고생 꿔다흐나 흐탄흔덜 무엇흐고
> 죠흔일도 그뿐이요 그른일도 그뿐이라
> 츈삼월 호시졀의 화젼노름 와셔덜낭
> 꼿빗쳘는 곱게보고 새소래는 좃케듯고
> 발근달은 여사보며 말근바람 시원흐다
> 조흔동무 존노름의 셔로웃고 노다보소
> 사람의눈이 이상흐여 제대로보면 관계찬고
> 고은꼿도 색여보면 눈이참참 안보이고

귀도또흔 별일이지 그대로 드르면 관찬은걸

새소래도 곳쳐듯고 실푸마암 졀노나네

맘심자가 제일이라 단단ᄒ게 맘자부면

꼿쳔졀노 피는거요 새난여사 우는거요

달은매양 발근거요 바람은일상 부는거라

마음만여사 태평ᄒ면 여사로보고 여사로듯지

보고듯고 여사하면 고생될일 별노읍소

  4·4조 음률에 맞춰 웅얼웅얼 읽다보면, 희한하지요, 제 인생에 다시 오지 않을 하루인 오늘, 오늘을 '꽃빛일랑 곱게 보고 새소릴랑 좋게 들으며' 즐기려는 마음자리가 슬그머니 생겨난답니다. 오래된 어머니가 전하는 지혜의 말씀이, 마치 마술처럼, 제 마음의 구멍에 대롱을 끼워 다시금 생生 에너지를 불어넣어주는 거예요.

  "말과 마술은 본디 동일한 것이었고, 오늘낱에 이르러서도 말은 원래의 마력을 많이 보유하고 있다."

  이건 제 말이 아니고 G. 프로이트가 《정신 분석 입문》에서 한 말인데요. 뎬동어미의 말이 딱 그렇답니다. 듣는 이의 구곡간장을 두루 어루만져 켜켜이 쌓인 설움과 시름을 낱낱이 풀어주거든요. 이게 바로 마술이지 마술이 뭐 별다른 것일까요?

〈덴동어미화전가〉는 민낯으로도 오롯이 아름다운 가사 작품입니다. 그럼에도 제가 구태여 인물 보태고 사건 보태어 장편소설의 모양새로 고쳐 쓴 것은, 저와 같은 시대를 살아가는 당신께서 보다 쉬이 우리의 오래된 어머니를 만날 수 있게끔 도와드리고 싶어서였어요.

덴동어미가 영주 순흥 사람인지라 주로 영주, 안동 일대 사투리를 활용했고요. 경주 여각 사람들과 울산 사람 황서방의 말은 그쪽 사투리로 분별하여 썼답니다.

오늘도 사는 게 힘든 당신,
제 설움에 눈멀어 '다른 길', '다른 풍경'은 통 못 보는 당신.

어떤가요, 저 비봉산 화전놀이에 슬그머니 끼어보심이? 덴동어미의 마술 같은 말에 당신의 상한 마음을 얹어보심이?

꽃빛 고운 봄내에서,
박정애

• 도움 받은 자료

박혜숙 편역,《우리고전 100선 16 : 덴동어미화전가》, 돌베개, 2011.
박혜숙,〈주해註解 덴동어미화전가〉,《국문학연구》24집, 국문학회, 2011.
김문기,《서민가사연구》, 형설출판사, 1985.

뎅동어미전
ⓒ 박정애 2012

초판 1쇄 인쇄 2012년 5월 16일
초판 1쇄 발행 2012년 5월 21일

지은이 박정애
펴낸이 이기섭
편집인 김수영
책임편집 이지은
기획편집 임윤희 김윤정 정회엽 이조운
마케팅 조재성 성기준 정윤성 한성진 정영은
관리 김미란 장혜정

펴낸곳 한겨레출판(주) www.hanibook.co.kr
등록 2006년 1월 4일 제313-2006-00003호
주소 121-750 서울시 마포구 공덕동 116-25 한겨레신문사 4층
전화 02)6383-1602~3 **팩스** 02)6383-1610
대표메일 book@hanibook.co.kr

ISBN 978-89-8431-583-9   03810

- 책값은 뒤표지에 있습니다.
- 파본은 구입하신 서점에서 바꾸어 드립니다.
- 이 책의 일부 또는 전부를 재사용하려면 반드시 저작권자와 한겨레출판(주)
  양측의 동의를 얻어야 합니다.